地图上的 水浒传

第三册

星球地图出版社
STAR MAP PRESS

图书在版编目（CIP）数据

地图上的水浒传 / 许盘清主编；星球地图出版社编著. —— 北京：星球地图出版社，2025.1——（带着地图读四大名著）.

ISBN 978-7-5471-3086-5

Ⅰ.①地… Ⅱ.①许… ②…星 Ⅲ.①中国文学－名著－通俗读物 Ⅳ.① I207.412

中国国家版本馆CIP数据核字第20242AS930号

地图上的水浒传（第三册）

出版发行	星球地图出版社
地址邮编	北京市海淀区北三环中路69号 100088
网　　址	www.starmap.com.cn
印　　刷	廊坊一二〇六印刷厂
经　　销	新华书店
开　　本	185毫米×260毫米　16开
印　　张	8.5
版　　次	2025年1月第1版
印　　次	2025年1月第1次印刷
审 图 号	GS（2024）4155号
定　　价	218.00元（套装4册）

联系电话：010-82028269（发行）、010-62272347（编辑）

版权所有 侵权必究

楊雄

编纂委员会

罗先友	人民教育出版社，原副社长，编审，文学博士，原《课程·教材·教法》和《小学语文》主编
纪连海	北京师范大学第二附属中学，高级教师（历史），CCTV《百家讲坛》主讲嘉宾
赵玉平	中国传媒大学经济管理学院，教授，CCTV《百家讲坛》主讲嘉宾
李小龙	北京师范大学文学院，教授，副院长，博士生导师
许盘清	上海大学文学院，教授；自然资源部海洋发展战略研究所，特聘研究员
朱 良	北京师范大学地理科学学部，副教授，《地图学》精品课程主讲教师
左 伟	中国地图出版社，原核心编辑，编审，地理学博士
陈 更	北京大学，博士，CCTV《中国诗词大会》第四季总冠军，山东卫视《超级语文课》课评员
左 栋	自然资源部地图技术审查中心，高级工程师（地图制图学与地理信息工程）
郝文倩	杭州师范大学人文学院，教授，博士生导师
李 园	南京师范大学教师教育学院，教师教育实训中心副主任
李兰霞	北京交通大学语言与传媒学院，副教授，硕士生导师
吴晓棠	南京师范大学教师教育学院，讲师
王 兵	南京市教学研究室，历史教研员，高级教师（语文）
杨 俊	无锡市锡山区教师发展中心，教研室副主任，高级教师（语文）
陈 娟	江苏省新海高级中学，副校长，正高级教师（语文）
贺 艳	深圳市龙岗区南师大附属龙岗学校，副校长，高级教师（语文）
陈启艳	湖北省宜昌市外国语初级中学，正高级教师（语文）
冒 兵	南京航空航天大学苏州附属中学，正高级教师（语文），江苏省教学名师，苏州市学科带头人
陈剑峰	南通市第一初级中学，正高级教师（语文）
王 辉	湖北省宜昌市外国语初级中学，高级教师（信息技术）
刘 瑜	江苏省天一中学，高级教师（语文），无锡市学科带头人
刘期萍	深圳市龙岗区南师大附属龙岗学校，教学处副主任
万 航	湖北省宜昌市外国语初级中学，高级教师（地理）

编　辑　部

策　　划：王俊友、赵泓宇
原　　著：施耐庵
地图主编：许盘清、许昕娴
撰　　文：胡小飞
责任编辑：王俊友
统筹编辑：姬飞雪
地图编辑：刘经学、杨　曼
文字编辑：李婧儿、肖婷婷
插　　画：张　琳
装帧设计：今亮后生
审　　校：李婧儿、高　畅、刘经学、杨　曼、黄丽华
外　　审：罗先友、纪连海、赵玉平、李小龙、郝文倩、陈　更、李兰霞
审　　订：郝　刚、左　伟

目录

第六十一回	智吴用妙请玉麒麟	002
第六十二回	梁中书怒斩卢俊义	005
第六十三回	及时雨攻打大名府	010
第六十四回	宋公明雪地擒索超	015
第六十五回	请神医张顺报冤仇	020
第六十六回	元宵节智取北京城	024
第六十七回	打凌州关胜收水火	028
第六十八回	卢俊义活捉史文恭	032
第六十九回	东平府宋江放董平	037
第 七 十 回	宋公明用计捉张清	040
第七十一回	抒胸臆宋江扫酒兴	044
第七十二回	看花灯李逵闹东京	049
第七十三回	黑旋风大闹忠义堂	054
第七十四回	燕小乙泰安摔任原	058
第七十五回	黑旋风撕诏骂钦差	061

第七十六回	童枢密挥师扫梁山	065
第七十七回	宋公明用计赢童贯	069
第七十八回	高太尉挂帅讨宋江	074
第七十九回	宋公明再败高太尉	078
第 八 十 回	宋公明三败高太尉	083
第八十一回	闯东京燕青见皇帝	089
第八十二回	遂心愿宋江受招安	092
第八十三回	宋公明奉旨破辽国	095
第八十四回	卢俊义大战玉田县	100
第八十五回	吴学究智取霸州城	105
第八十六回	玉麒麟身陷青石峪	109
第八十七回	宋公明大战幽州城	113
第八十八回	兀颜光阵列混天象	118
第八十九回	宋公明大破混天阵	121
第 九 十 回	智深燕青双拜故人	125

第六十一回

智吴用
妙请玉麒麟

人物 穆弘（天究星）
绰号 没遮拦（梁山排名第24位）
性格 胆大、低调、沉稳
兵器 铁背鳖（biē）龙刀

点题

卢俊义为人坦荡，却入了吴用的圈套，不得不上梁山。

山寨请大名府高僧大园禅师来梁山泊寨内做法事时，提到大名府的玉麒麟（qí lín）卢俊义。宋江仰慕卢俊义已久，听了就想请他入伙，吴用说："这个我来办。"

次日，吴用和李逵扮作算卦先生与道童，来到大名府卢俊义住的那条街，高喊算命，而且要一两银子算一卦。卢俊义听了说："要价高，必定有真才。"说着就让人请吴用与李逵来。

吴用拜见卢俊义，自称名叫张用，绰号谈天口，能算先天定数、生死福祸。于是卢俊义就让吴用给他测福祸。吴用用铁算子算了一下，说卢俊义百日之内有血光之灾，必须到东南方向千里之外躲避，并口述四句话，让卢俊义写在墙上，以供日后验证。那四句话便是：

芦花丛里一扁舟，俊杰俄从此地游。

义士若能知此理，反躬（gōng）逃难可无忧。

卢俊义半信半疑，就依吴用说的，在墙上写下四句话。

穆弘，原为揭阳镇富户，曾参与营救宋江，后入伙梁山，担任马军八骠骑兼先锋使。

吴用走后，卢俊义跟总管李固和亲信燕青说，他要去南方避祸，留燕青在家照料，并让李固收拾十车货物和他同去。

燕青从小由卢俊义养大，不仅从卢俊义那里学得弩（nǔ）箭，百发百中，更是相扑高手，而且吹拉弹唱、猜谜（mí）对联、各地方言，样样精通，人称浪子燕青。燕青和李固都劝卢俊义别信那算卦先生的话，但卢俊义坚持要去避祸，大家只好听他的。

当天，卢俊义便将行礼装上车，然后带领车队出城。几天后，卢俊义车队来到山东地界。在离梁山不远的一片树林边，被李逵带人拦住去路。李逵请卢俊义上山入伙，卢俊义不肯，便准备和李逵交手，一交手，李逵就跑了。

卢俊义追赶李逵，碰上鲁智深，刚刚开打，鲁智深又跑了。卢俊义再追，又遇上武松，斗了几回合，武松也掉头就走。然后刘唐、穆弘（mù hóng）、李应分别出现，都是打两下就跑。等卢俊义杀退李应回来，只见远远是山坡下李固和车队正被小喽啰们往山上驱赶。

卢俊义气急败坏地追上去。忽然山顶鼓乐大作，"替天行道"的杏黄旗迎风招展，宋江、吴用、公孙胜率数百人，齐声向他问好。卢俊义破口大骂，花荣一箭射落他帽上的红缨（yīng），吓得他转身就走。秦明、林冲、呼延灼（zhuó）、徐宁又分率两支队伍杀来，卢俊义只好奔逃。

黄昏时分，卢俊义逃到一个湖边，只见一只小船从芦苇中摇出。卢俊义求了半天，船家才让他上船。船划到湖心，三阮各驾船围上来。卢俊义忙让船家靠岸，谁知那船家却是梁山泊李俊。卢俊义听了一刀劈（pī）去，李俊跳入湖中，张顺从水中扳翻小船。卢俊义落水，张顺拖他上岸，命人替他换了衣服，用轿将他抬上山。卢俊义知道打不过他们，只好听任摆布。

晁盖死后，宋江已将聚义厅改为忠义堂。众人把卢俊义迎到堂中，请他坐第一把交椅，卢俊义坚决不干，一心要下山。于是众人将他强留下来，每天轮流请他吃喝。

吴用暗地告诉李固："你家员外已入山寨（zhài），他还在家里墙上写了藏头反诗，每句第一字连起来就是'卢俊义反'，不信你回去看看。"于是，李固回去了。

经典名句 分明指与平川路，却把忠言当恶言。

经典原文 转过来打一望，望见红罗销（xiāo）金伞下盖着宋江，左有吴用，右有公孙胜，一行部从①二百余（yú）人，一齐声喏道："员外别来无恙（yàng）②！"卢俊义见了越怒，指名叫骂。山上吴用劝道："兄长且须息怒。宋公明久闻员外清德，实慕威名，特令吴某亲诣（yì）③门墙，赚员外上山，一同替天行道。请休见责。"卢俊义大骂："无端草贼，怎敢赚我！"宋江背后转过小李广花荣，拈（niān）弓取箭。看着卢俊义喝道："卢员外休要逞（chěng）能，先教你看花荣神箭！"说犹未了，飕（sōu）地一箭正中卢俊义头上毡（zhān）笠（lì）儿的红缨。

注释：①部从：部下、随从。②别来无恙：问候语，分别以来还好吧？③诣：到。

课外试题

宋江将聚义厅改为忠义堂有什么用意？

答案 宋江想要引导梁山之众以忠为出发点行义之事，这是对朝廷的名分，也是对朝廷的拉拢和名义上的妥协，为将来接受朝廷的招安打下伏笔。

第六十二回

梁中书怒斩卢俊义

人物	燕青（天巧星）
绰号	浪子（梁山排名第36位）
性格	细心忠心、聪明理智、知恩图报
兵器	齐眉杆棒、川弩短箭

点题

石秀一人劫法场，显示拼命三郎的英雄本色，为朋友两肋插刀，不计生死。

李固走后，卢俊义被梁山泊几十个大小头领轮流请吃喝。过了两个多月，时近八月中秋，卢俊义再三要回去，宋江就送他下山。

卢俊义离开梁山泊，便星夜兼（jiān）程赶回北京。到了北京城外时，由于天色已晚，进不了城，卢俊义便先在城外的店肆（sì）里歇下。第二天一早，卢俊义便离开店里，飞奔进城，快到大名府时，被一个乞丐拦住去路。卢俊义一看，竟是燕青。燕青哭着告诉主人卢俊义，李固回来就把主人告了官，还和主母好上了，霸占了卢家家产，李固还赶走燕青，现在官府正在捉拿卢俊义。卢俊义不相信，不顾燕青苦劝，大步进城。

卢俊义回到家，大家见了他都吃了一惊。李固慌忙为他接风。众人正喝酒，几十个公差蜂拥而入，

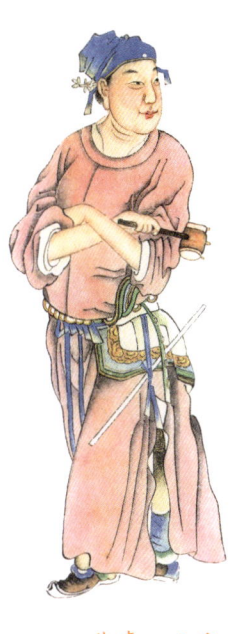

燕青，又名燕小乙，本人文武双全、多才多艺，原是卢俊义的家仆，后追随卢俊义入伙梁山，担任步军头领。

005

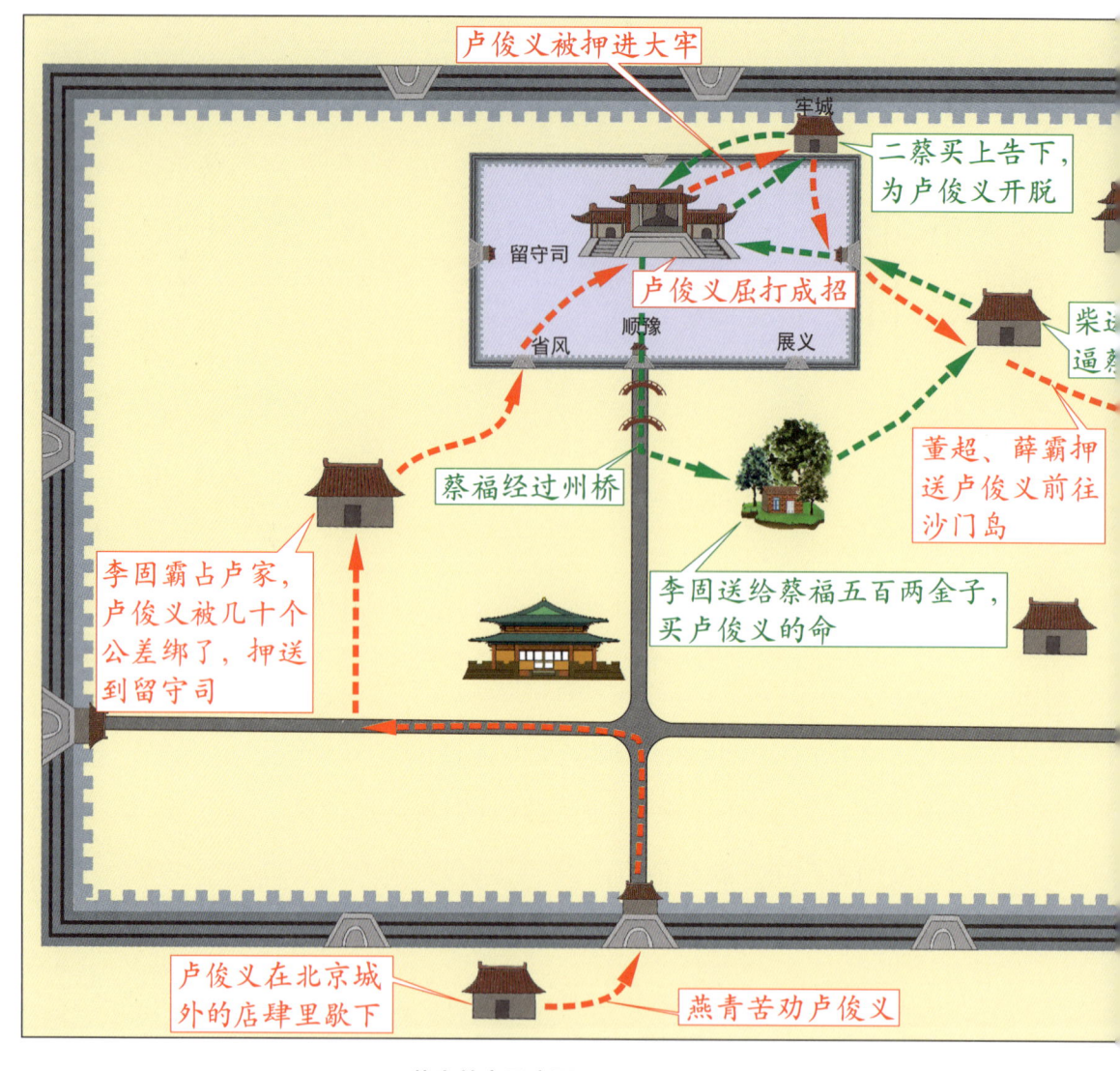

燕青救主示意图

图中标注：
- 卢俊义被押进大牢
- 牢城
- 二蔡买上告下，为卢俊义开脱
- 留守司
- 卢俊义屈打成招
- 省风 顺像 展义
- 柴进逼蔡
- 蔡福经过州桥
- 董超、薛霸押送卢俊义前往沙门岛
- 李固霸占卢家，卢俊义被几十个公差绑了，押送到留守司
- 李固送给蔡福五百两金子，买卢俊义的命
- 卢俊义在北京城外的店肆里歇下
- 燕青苦劝卢俊义

把卢俊义绑（bǎng）了，走一步打一棍地把他押（yā）到衙（yá）门。梁中书当堂审问，李固和卢俊义老婆贾氏在公堂上一口咬定，卢俊义在梁山入了伙，并有反诗为证。

梁中书听后，便动大刑（xíng），把卢俊义打得昏死三四次。卢俊义受不了这样的大刑，只好被迫认罪，被打入死牢。

看守卢俊义的两个狱卒是亲兄弟，哥哥叫铁臂膊（bì bó）蔡福，弟

董超、薛霸一路上对卢俊义连打带骂

燕青射杀董超、薛霸，救下卢俊义

薛霸用开水烫卢俊义的脚

- - ▶ 卢俊义行进路线
- - ▶ 蔡福行进路线

弟叫一枝花蔡庆。这两兄弟将卢俊义带到牢中以后，留下蔡庆一人看守，蔡福自己则回家一趟（tàng）。蔡福出了牢门，便看到燕青来给卢俊义送饭。蔡福见燕青为人忠义，便放他进牢中送饭。蔡福过了州桥，被一人叫住，说茶楼上有人找他。蔡福上去之后，看到那人正是李固。

李固对蔡福说，他想出五百两金条买卢俊义的命，蔡福收了金子，让李固明日来扛尸。蔡福刚进家门便看到柴进。柴进给蔡福两千黄金，让蔡福为卢俊义周旋（xuán），并说谁要敢杀害卢员外，梁山人马定让他鸡犬不留。蔡福只好用黄金买通衙门上下，为卢俊义开脱罪名。李固来催（cuī）蔡福，蔡福就以梁中书不准杀为借口推脱。

梁中书命人打了卢俊义四十大板，将他刺配到三千里外的沙门岛，并派董超、薛霸押送。董、薛二人当年暗害林冲失败，被高俅（qiú）发

007

配大名府后，仍干原来差事。李固许诺（nuò）给董超、薛霸每人五十两黄金，让他们暗害卢俊义。董、薛二人见财起意，忘记了当年教训，满口答应下来。

出发那天，卢俊义因为身上有伤，想要明日再出发，董超、薛霸二人不但没答应还出言侮辱（wǔ rǔ），卢俊义只得忍气吞声，跟着他们出发。出了东门，二人用当年对付林冲的手段来对付卢俊义，一路连打带骂。晚上住店时，薛霸还用开水烫卢俊义的脚。经过一片大林时，薛霸将卢俊义捆在树上，准备要了他性命，董超则站在林外放风。结果二人双双被尾随而来的燕青用弩箭射死。

卢俊义伤重走不动，燕青便背卢俊义上梁山。半道上，燕青让卢俊义坐在路边，自己去射些禽（qín）兽来吃。燕青射了几只鸟雀回来，却发现卢俊义正被一伙公差捆（kǔn）走。原来，过路人发现董超、薛霸的尸体，报了官，官府一路追踪下来，见了卢俊义，便将他捉走。

燕青无法可施，只好去梁山报信。路上，他遇见杨雄和石秀奉命去北京打探卢俊义的消息。听燕青说卢俊义已被押往大名府后，石秀便让燕青、杨雄二人回山上报信，他自己则赶往大名府。

石秀一到大名府，就听说官府今日要斩杀卢俊义。石秀听后，便来到刑场附近，上了一家临街酒楼，要了酒菜，慢慢吃喝。

午时三刻，卢俊义被押到刑场跪下。监斩官高叫："午时三刻到，行刑！"刽（guì）子手蔡福刚拔出刀来，就听半空一声大吼："梁山好汉全伙在此！"话音未落，见酒楼上跳下一个人，正是石秀。

石秀挥刀逢人就砍。蔡福兄弟互使眼色，割断卢俊义绳索，转身逃走。石秀一只手拖着卢俊义，一只手挥刀乱砍，往南就走。梁中书立即下令关闭城门。

经典名句 鳌（áo）鱼脱却金钩去，摆尾摇头更不回。

经典原文

不多时，只见街上锣鼓喧天价来。但见：两声破鼓响，一棒碎锣鸣。皂纛（dào）旗招展如云，柳叶枪交加似雪。犯由牌前引，白混混后随。押牢节级狰狞，仗刃公人猛勇。高头马上，监斩官胜似活阎罗；刀剑林中，掌法吏犹如追命鬼。可怜十字街心里，要杀含冤负屈人！石秀在楼窗外看时，十字路口，周回①围住法场，十数对刀棒刽（guì）子，前排后拥，把卢俊义押到楼前跪下。铁臂膊蔡福拿着法刀，一枝花蔡庆扶着枷梢（jiā shāo），说道："卢员外，你自精细看。不是我弟兄两个救你不的，事做拙（zhuō）②了！前面五圣堂里，我已安排下你的坐位了，你可一魂去那里领受。"说罢，人丛里一声叫道："午时三刻到了！"一边开枷，蔡庆早拿住了头，蔡福早掣（chè）出法刀在手。当案孔目高声读罢犯由牌，众人齐和一声。楼上石秀只就那一声和里，掣着腰刀在手，应声大叫："梁山泊好汉全伙在此！"蔡福、蔡庆撇（piē）了卢员外，扯了绳索先走。石秀从楼上跳将下来，手举钢刀，杀人似砍瓜切菜。走不迭（dié）③的，杀翻十数个。一只手拖住卢俊义，投南便走。

注释：①周回：周围循环。②拙：笨，这里指欠缺。③不迭：这里指不及时。

课外试题

梁中书斩卢俊义，表面上是李固告官，实际上是谁造成的？

答案：宋江和吴用。宋江为了骗卢俊义上梁山，吴用假扮算命先生戏弄卢俊义，李固的告官起到了推波助澜的作用。

第六十三回

及时雨攻打大名府

人物	绰号	性格	兵器
关胜（天勇星）	大刀（梁山排名第5位）	重义气、有胆识、谨慎、自负	青龙偃（yǎn）月刀

点题

宋江八路人马围攻大名府，梁中书只好搬救兵。

石秀和卢俊义毕竟人单力薄（bó），没多久，二人又被官兵捉住了。梁中书因为惧怕梁山，不敢再动刑，就把二人打入监牢。蔡福两兄弟存心结交梁山好汉，就把石秀和卢俊义二人关在同一间干净的牢房中，每天买酒买肉请他们吃。

梁中书和新任王太守正商量如何处理石秀和卢俊义。这时街上出现传单，传单上写道："梁山好汉要求梁中书立刻放了二人，交出李固、贾氏，如有不听，杀光全城贪官。"梁中书问计王知府，王知府主张一面善待二人，一面准备迎敌，同时派人立即进京报告蔡太师。

梁中书叫来大刀闻达和天王李成二位兵马都监，命闻达率兵守城，李成带人马驻扎城外，准备抗敌。

李成回营升帐（zhàng），命急先锋索超率领本部军马在飞虎峪（yù）安营扎寨（zhài）。李成自己

关胜，关羽后人，擅长用兵，原是蒲东巡检，后入伙梁山，位居马军五虎将第一。

则率领大队人马在槐（huái）树坡安营扎寨，两军互为犄（jī）角。

戴宗命人四处发传单后，便回到山寨将石秀与卢俊义被抓之事与众头领说了，宋江和吴用等连夜商量计策，然后调集人马，进攻北京城。人马分配妥当后，各首领依次而行，当日进发。山寨中只留下公孙胜等看守。

李逵率五百步兵打头阵。李成和索超见李逵不懂排兵布阵，很瞧不起他，让部下王定率领一百骑兵冲过去。李逵的步兵抵挡不住，四散奔逃。索超率军追赶，碰上解珍、孔明与解宝、孔亮各率一支人马杀来，只好退兵。

李成见索超败退，便率兵亲自冲杀过去，碰上扈（hù）三娘、孙二娘、顾大嫂三员女将。李成很瞧不起这三个女将，就让索超迎敌。索超杀过去，三名女将回马就走，李成挥兵追杀。迎头却见到李应与史进、孙立率军杀到。李成急忙退回庾家村，却见解珍等四人从两旁杀出，李逵又从背后杀来。李成与索超拼命杀开一条血路，逃回槐树坡。回到寨中，李成查点人马，损失了好几千，只得派人回城搬救兵。梁中书连夜派闻达来助战。

第二天，闻达到来庾家村后，便命兵马摆开军阵。宋江阵中秦明当先出马，官兵阵中索超迎战。二将大战二十余回合，不分胜负。韩滔一箭射去，正中索超左肩，索超勒马就逃。宋江挥兵掩杀过去，官军被杀得一败涂地，急忙转身就逃。宋江一路追过庾（yǔ）家疃（tuǎn），乘胜夺了槐树坡小寨。闻达当晚退守飞虎峪，随后宋江在槐树坡寨内屯扎。在听取了吴用的建议后，宋江当夜便偷袭（xí）飞虎峪大寨。闻达的军队打不过，只得四散逃亡。闻达在逃跑的路上，他遇到李成。二人合兵一处，边战边跑，等到第二天早上，才逃到大名府城下。梁中书接到消息后，连忙点兵出城，接应残败人马，随后紧闭城门，坚守不出。

梁中书派部将王定到东京搬救兵。而宋江则分调众将，引军围城，在城的东西北三面都扎下营寨，只有南门空着不围，每日都派人攻打城门。李成、闻达多日带兵出城交战，但都未能取胜。

宋江攻打大名城示意图

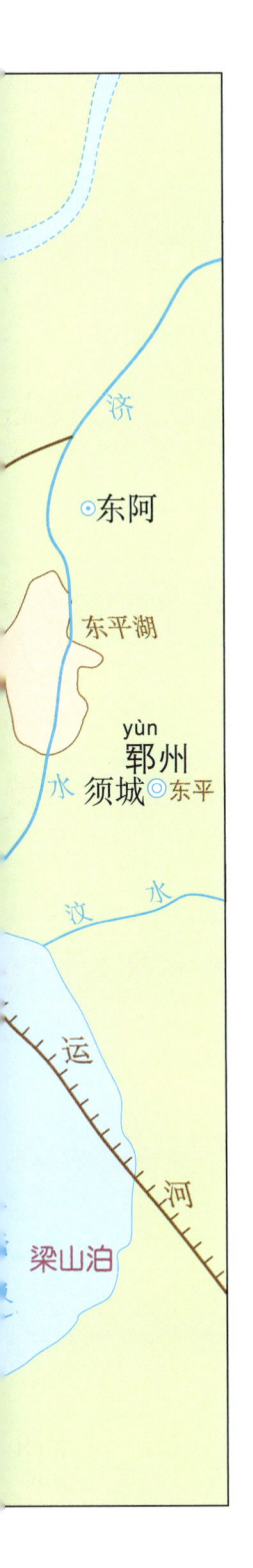

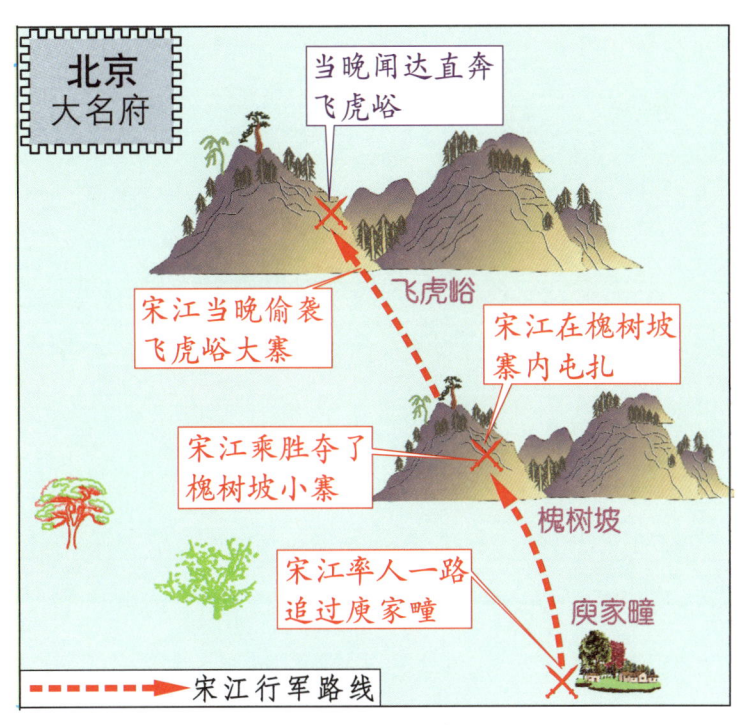

宋江偷袭飞虎峪示意图

王定带着密信到东京太师府，呈上密书。蔡京看完密信，询问众人该派谁去。衙门防御保义使丑郡马宣赞保举蒲（pú）东巡检大刀关胜。蔡京就派宣赞连夜去请关胜进京。

关胜见了宣赞后，立即带领部下井木犴（àn）郝思文跟宣赞连夜启程，来到东京。蔡京见关胜酷似关公，使一口青龙偃（yǎn）月刀，有万夫不当之勇，便问他如何援（yuán）救大名府。关胜说可以用围魏救赵之计，直捣（dǎo）梁山，迫使宋江撤（chè）军。

蔡京听了大喜，当即封关胜为领兵指挥使，命郝（hǎo）思文为先锋，宣赞为后应，步军太尉段常接应粮草。当天，关胜、郝思、宣赞三人便率领一万五千人马，分为三队，浩浩荡荡杀向梁山泊。

013

经典名句

割鸡焉用牛刀。

昆冈火起，玉石俱焚。

英雄忿（fèn）怒举青锋，翻身直下如飞龙。

经典原文

话说当时石秀和卢俊义两个，在城内走头没路，四下里人马合①来，众做公的把挠（náo）钩搭住，套索绊翻。可怜悍勇英雄，方信寡不敌众。两个当下尽被捉了。解到梁中书面前，叫押过劫法场的贼来。石秀押在厅下，睁圆怪眼，高声大骂："你这败坏国家，害百姓的贼！我听着哥哥将令，早晚便引军来，打你城子，踏为平地，把你砍做三截。先教老爷来和你们说知。"石秀在厅前千贼万贼价骂，厅上众人都唬呆了。梁中书听了，沉吟半响，叫取大枷（jiā）来，且把二人枷了，监放死囚牢里。分付蔡福在意看管，休教有失。蔡福要结识梁山泊好汉，把他两个做一处牢里关着，每日好酒好肉，与他两个吃，因此不曾吃苦，倒将养得好了。却说梁中书唤本州新任王太守，当厅发落，就城中计点被伤人数，杀死的有七八十个，跌伤头面、磕损皮肤、撞折腿脚者，不计其数。报名在官，梁中书支给官钱，医治、烧化了当。

注释：①合：包围。

课外试题

宋江攻打大名府，蔡京派谁来解救大名府的？

答案：关胜。

第六十四回

宋公明雪地擒索超

人物	宣赞（地杰星）
绰号	丑郡马（梁山排名第40位）
性格	忠义、耿直
兵器	钢刀、连珠箭

点题

关胜投降，索超独自支撑，但还是被宋江捉了。

宋江围攻大名府，听说关胜率人马杀向梁山去了，连忙传令分批退兵。吴用则说："我们此时退兵，城中必会派兵追出，到时候只怕我军大乱。"宋江认为吴用说得很对，便让小李广花荣率领五百兵马去飞虎峪左边埋伏，又让豹子头林冲率领五百人马去飞虎峪右边埋伏，再让双鞭（biān）呼延灼（zhuó）领二十五骑马军，带着凌振在离城十里左右的地方布置了火炮，如果有追兵过来就以放炮为信号。

果然如吴用所料，梁中书见宋江撤兵，立即派闻达、李成带人追杀。二人追到飞虎峪，中了埋伏，丢盔弃甲逃回城中。

宋江率领大军撤退到梁山附近，被丑郡马宣赞拦住去路。宋江派人回山报信，准备两面夹击官军。梁山水军头领张横一心想立大功，当夜带领二百人，走

宣赞，原为郡王府郡马，因相貌丑陋，而不得重用，曾与关胜征讨梁山，后被活捉，顺势归降，在梁山担任马军小彪（biāo）将兼远探出哨头领。

015

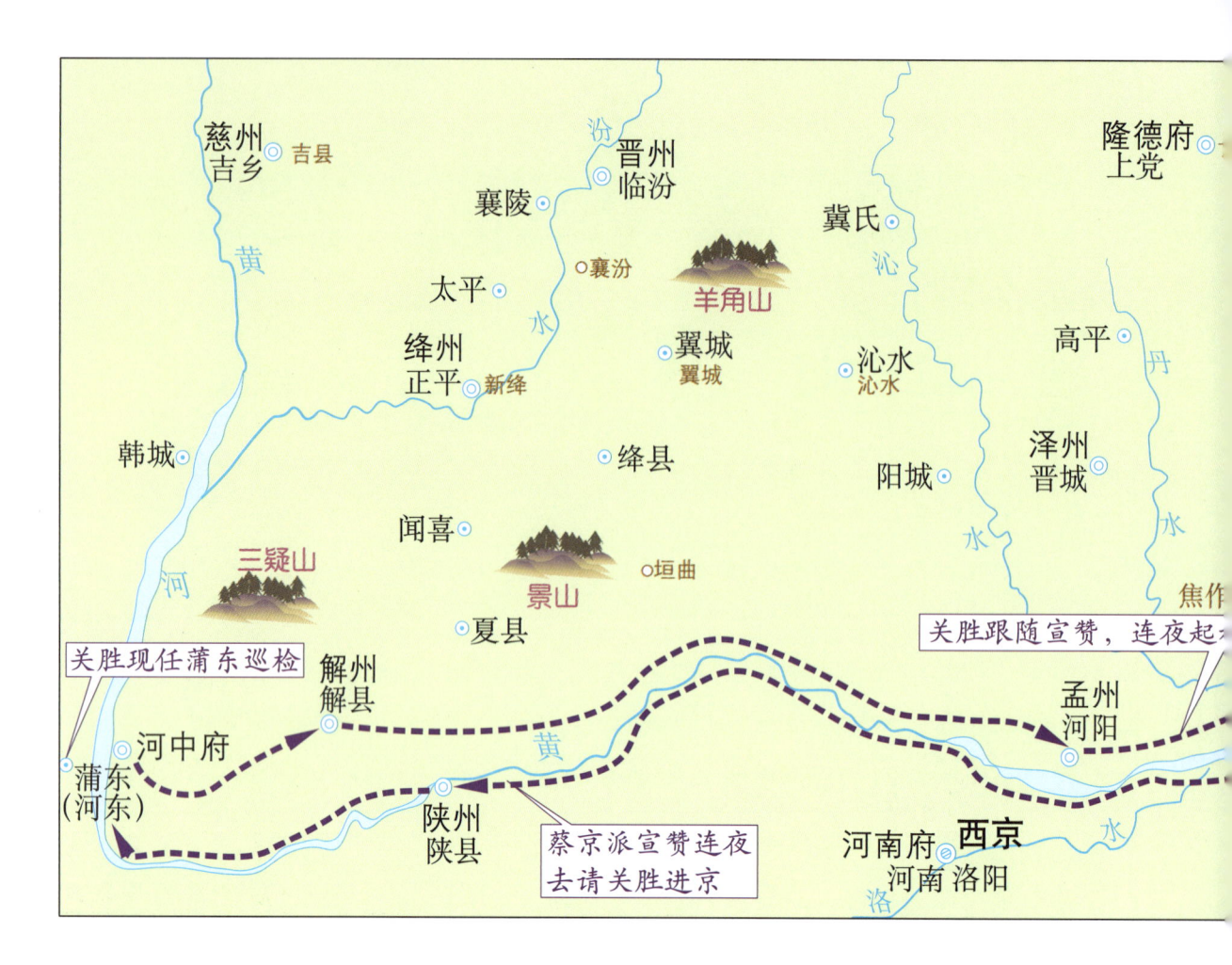

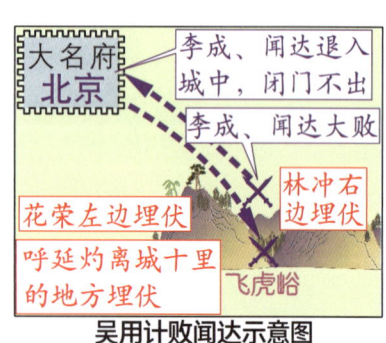

地图标注：
- 慈州 吉乡 吉县
- 襄陵
- 晋州 临汾
- 隆德府 上党
- 太平
- 襄汾
- 羊角山
- 冀氏
- 绛州 正平 新绛
- 翼城 翼城
- 沁水 沁水
- 高平
- 韩城
- 绛县
- 阳城
- 泽州 晋城
- 闻喜
- 三疑山
- 景山
- 垣曲
- 夏县
- 焦作
- 关胜现任蒲东巡检
- 解州 解县
- 孟州 河阳
- 关胜跟随宣赞，连夜起
- 蒲东（河东）
- 河中府
- 陕州 陕县
- 蔡京派宣赞连夜去请关胜进京
- 河南府 河南 洛阳
- 西京

吴用计败闻达示意图
- 大名府 北京
- 李成、闻达退入城中，闭门不出
- 李成、闻达大败
- 花荣左边埋伏
- 林冲右边埋伏
- 呼延灼离城十里的地方埋伏
- 飞虎峪

吴用计降索超示意图
- 大名府 北京
- 李成军队连夜退入城中
- 索超中计被捉
- 宋江直抵城下扎营寨
- 吴用雪夜埋下陷坑
- 飞虎峪

水路去劫关胜的营寨，中了关胜的埋伏，全部被捉。三阮前去营救，又中埋伏，阮小七也被捉，其余逃脱。

次日，宣赞与花荣厮（sī）杀，花荣用暗箭射宣赞。连射两箭，都被宣赞躲过，第三箭射中宣赞的后护心镜，宣赞慌忙回阵。

关胜出阵，宋江亲自和关胜对阵。关胜要杀宋江，秦明舞棍（gùn）迎上，林冲也挺矛（máo）杀去。三人没战几个回合，宋江便鸣金收兵，说："二人杀他一个，胜了也被人笑话。他若上山，我情愿让位。"林

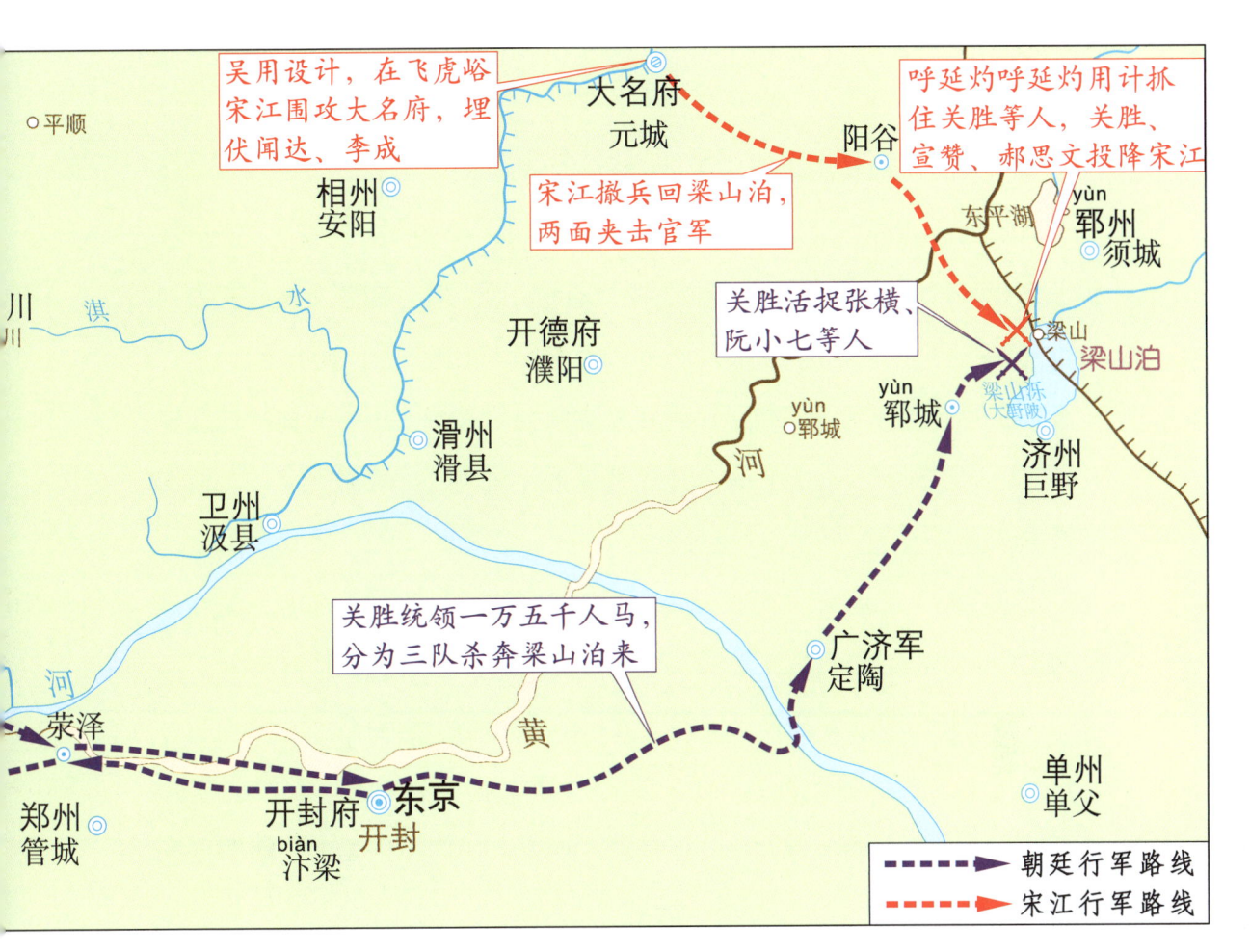

呼延灼月夜捉关胜示意图

冲、秦明听了都憋（biē）了一肚子气。

关胜回寨，想不通自己眼看要败了，宋江为什么收兵。于是关胜命人他提上张横、阮小七来询（xún）问，阮小七说关胜不懂忠义，怎会知道宋江心里想什么。关胜听了低头不语，心中若有所动。

当夜，呼延灼单人匹马来见关胜，说自己投降是迫不得已，并说宋江有归顺朝廷的意思，只是苦于林冲等人从中作梗（gěng），现在关胜只要擒（qín）住林冲，宋江就会投降。关胜听了深信不疑。

第三天，双方交战，呼延灼将黄信打下马，宋江部下抢回黄信，关胜得胜回营。晚上，呼延灼建议关胜偷袭宋江的营寨。关胜命宣赞、郝思文两路人马接应，自己带领五百马军，叫呼延灼带路，去劫寨。半路上遇几十个喽啰报信,说宋江已准备好,以红灯为号,里应外合。

关胜上山途中,远远望见一盏红灯,忽听一声炮响,不见了呼延灼。四下伏兵齐出,抓住了关胜,将他绑(bǎng)送大寨。郝思文被扈三娘捉住,宣赞被秦明俘获。李应带人直扑关胜寨内,救出张横、阮小七。

宋江亲自为关胜、宣赞、郝思文松绑,把关胜扶上正中交椅,低头就拜,呼延灼也来赔罪。关胜见宋江义气深重,与宣赞、郝思文商议,便一起投降入伙。

宋江大喜,立即摆酒庆贺。第二天宋江再次发兵攻打大名府。关胜自荐为先锋,和宣赞、郝思文带领旧部杀向北京。

此时索超伤势已好,率兵出城迎敌。李成、闻达随后接应。

索超斗关胜,渐渐抵挡不住。闻达来帮索超,被宣赞、郝思文拦住。宋江挥军掩杀,李成军队大败,连夜退入城中,闭门不出。宋江率军直抵城下安营扎寨。

第二天索超出战,宋江故意让索超赢了一回。索超得胜回城,高兴万分。当夜大雪纷飞,吴用暗中派人挖下陷坑。第三天天亮时,陷坑已被大雪盖严。索超天亮后再次出战。李俊、张顺迎战,斗不几回合,弃枪就逃。索超紧追不舍,前面的路一面是山,一面是涧,李俊、张顺边跳下山涧(jiàn),边大叫:"宋公明哥哥快走!"索超以为宋江就在前面,纵马赶去,刺啦一下,连人带马跌进陷坑。

经典名句

当吾者死，避吾者生！
古来豪杰称三国，西蜀东吴魏之北。
卧龙才智谁能如，吕蒙英锐真奇特。
中间虎将无人比，勇力超群独关羽。
蔡阳斩首付一笑，芳声千古传青史。

经典原文

当晚彤云①四合，纷纷雪下。吴用已有计了。暗差步军去北京城外，靠山边河路狭处，掘成陷坑，上用土盖。是②夜雪急风严，平明看时，约有二尺深雪。城上望见宋江军马，各有惧色，东西栅（zhà）立不定。索超看了，便点三百军马，就时追出城来。宋江军马四散奔波而走。却教水军头领李俊、张顺身披软战，勒马横枪，前来迎敌。却才与索超交马，弃枪便走，特引索超奔陷坑边来。这里一边是路，一边是涧（jiàn）。李俊弃马跳入涧中去了，向着前面，口里叫道："宋公明哥哥快走！"索超听了，不顾身体，飞马抢过阵来。山背后一声炮响，索超连人和马攧（diān）将下去。

注释：①彤云：下雪前密布的阴云。②是：这，此。

课外试题

索超中了宋江等人的埋伏，体现了索超怎样的性格特征？

答案：宋江率领军马来到北京城下挑战，索超引人马出击，中计落入陷阱被擒，体现出了索超鲁莽、轻敌的性格特征。

第六十五回

请神医
张顺报冤仇

人物	安道全（地灵星）
绰号	神医（梁山排名第56位）
性格	优柔寡断
兵器	内外科医术

点题

神医安道全救了宋江一命，他的到来，让梁山兵将的生命多了一份保障。

索超被押到帐中，宋江亲自为他松绑，并劝他归顺，杨志也拿自己亲身经历出面相劝，索超就加入梁山了。

宋江背上长了个红疮（chuāng），时间久了，竟危及生命。张顺说他母亲也得过这病，是建康府的神医安道全治好的。吴用马上让张顺带上黄金去请神医，同时下令退兵回山。

张顺辞别众人，背上包裹，便前往建康府了。行了数千里在快到扬子江边时，天降大雪，张顺只得冒着风雪独自一人来到扬子江边，却不见船只，好不容易找到一只小船，船家说太晚不便，让张顺在船里睡了，明天一早渡江。张顺就上了船，见船上还有一个年轻人，也没在意，倒头便睡。

船家两个人将船悄悄摇到江心，把张顺绑了。张顺醒来，哀求船家饶命，说把金子都给他们。船家说："金子也要命也要。"张顺又请求船家把他扔到江里，落个

安道全，建康府人氏，宋江生病时，张顺请安道全医治，安道全顺势入伙梁山，负责医治梁山好汉。

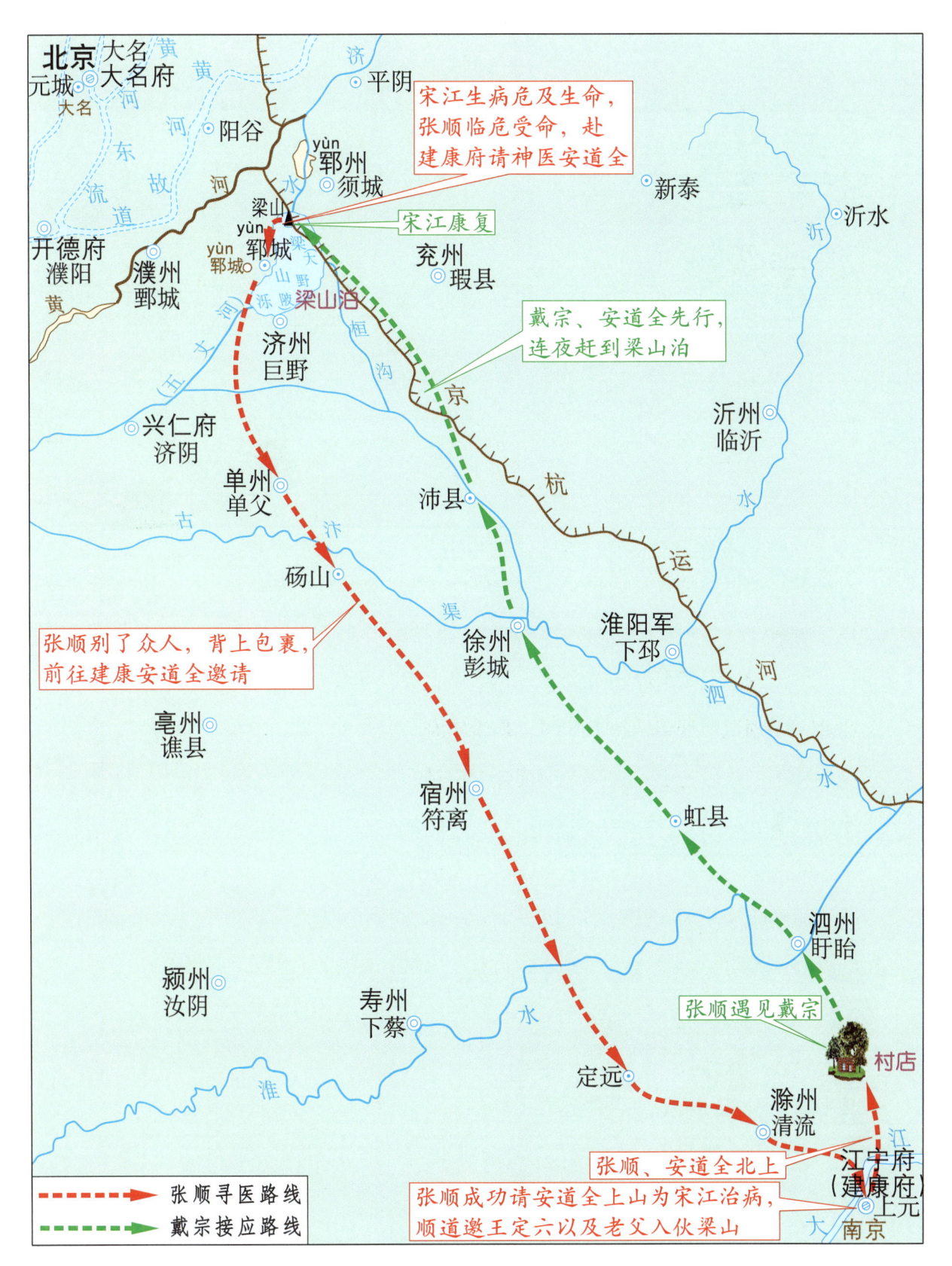

张顺去请安道全示意图

全尸。两人就把张顺扔到江里，船家回头一顺手又把年轻人杀死，独吞了金银。

张顺到了江中咬断绳索，游上南岸，来到一家酒店。酒店老板以为张顺在江中被人打劫，侥（jiǎo）幸逃脱出来，便救下张顺，后又听说张顺是梁山好汉，忙把儿子叫来见张顺。

老板的儿子叫活闪婆王定六。王定六告诉张顺那两个强盗（qiáng dào），一个叫张旺，一个叫孙五，并说等他们来喝酒时，他就杀了他们为张顺报仇。张顺却说报仇的事先放一放，等他请到安神医再说。

张顺渡江请医示意图

天亮雪停，张顺进入建康城，找到安道全，说明来意。安道全不愿去梁山，张顺再三苦求，安道全才勉强答应。当晚，安道全带领张顺来到李巧奴家。张顺这才明白，安道全不愿出门，是舍不下那个叫李巧奴的妓女。

安道全喝醉后，在李巧奴房里睡下了。张顺则在门房休息。半夜，张顺发现那个叫张旺的船家来找李巧奴，鸨母命李巧奴到房中配张旺喝酒。张顺看了心头火起，便拿了一把菜刀，先杀了鸨母和两个仆人，又去房中杀了李巧奴。见李巧奴被杀，急忙逃走。张顺没有去追，只在墙上写下"杀人者安道全也"几个血字。安道全醒来，吓得赶忙回家收拾药箱，跟张顺来到王定六酒店。

王定六送张顺和安道全到江边乘船。张旺又在那里等客。张顺和安道全用斗笠（lì）遮了脸和王定六一同上船。船到江心，张顺把张旺绑了，扔进江里。

张顺从船中搜出金银，然后把船摇到北岸，对王定六说："如果你有意，就接了老父，一同上梁山吧。"王定六就回去接老父，张顺和安道全则继续会梁山。

走不多远，张顺二人遇上戴宗，说宋江已水米不进了。安道全听戴宗说宋江还知道疼痛，就说有救。于是，戴宗给安道全绑上甲马，作起神行法，连夜赶回梁山。张顺则独自一人，边走边等王定六父子。

安道全为宋江诊了脉，然后用药，外敷（fū）内服，不到十天，宋江就康复了。这时，张顺领王定六父子也到了山上。大家见了一片欢喜。

经典名句

谈笑鬼神皆丧胆，指挥豪杰尽倾心。
空中雪下似梨花，片片飘琼乱洒。
谈笑鬼神皆丧胆，指挥豪杰尽倾心。

经典原文

捱（ái）到五更将明，只听得安道全在房中酒醒，便叫巧奴。张顺道："哥哥不要则声①，我教你看两个人。"安道全起来，看了四个死尸，吓得浑身麻木，颤（chàn）做一团。张顺道："哥哥，你见壁上写的么？"安道全道："你苦了我也！"张顺道："只有两条路从②你行③：若是声张起来，我自走了，哥哥却用去偿命；若还你要没事，家中取了药囊，连夜径上梁山泊救我哥哥。这两件随你行。"

注释：①则声：做声。②从：任从。③行：行事，选择。

课外试题

给宋江治病的是谁？

答案：安道全。宋江得上了一个重病，梁山无人可医，于是戴宗就叫张顺请神医安道全。安道全被请上梁山后，使用其医术治好了宋江的病。

第六十六回
元宵节智取北京城

人物	时迁（地贼星）
绰号	鼓上蚤（梁山排名第107位）
性格	重情义、机智、心细
兵器	朴刀

点题

梁山军攻打北京城，时迁火烧翠云楼再立大功。

宋江病刚好，就急着再打北京。安道全认为宋江身体还需要调养，不宜征战。吴用提出一个"里应外合"之计，说不用宋江出征，他带人可在元宵节拿下大名府。宋江听后连声称妙。吴用说还缺一个在城中翠云楼放火为号的人。时迁主动请缨（yīng），吴用认为时迁是不二人选，接着就调兵遣（qiǎn）将，众头领分头下山，潜入大名府。

正月元宵，北京城里放花灯，热闹非凡。各家各户张灯结彩。梁中书为了防止梁山泊贼人来犯，就命闻达率领一队人马驻扎在飞虎峪防守，李成率领五百骑兵在城内巡（xún）查。

元宵节晚上，潜入北京城里的梁山好汉开始按计行事。时迁先来到翠云楼，伺机点火。柴进与乐和被蔡福引进牢里，换了衣衫，扮作公差。

时迁，盗贼出身，与杨雄、石秀一起入伙梁山，任职走报机密步军头领。

解珍、解宝扮作猎户，去北京城内官员府里献纳野味。王英、孙新、张青三对夫妇化装成乡下夫妇，入城看灯。公孙胜与凌振来到城隍（huáng）庙，备下号炮。二更天时，李应、史进、邹渊、邹润、杜迁、宋万、刘唐、杨雄、燕青、张顺、孔明、孔亮、鲁智深、武松、解珍、解宝也都赶到指定位置埋伏，只待翠云楼火起，一齐动手。

此时，翠云楼外，人山人海。忽然有人说梁山人马开来了，顿时人群一片大乱。时迁趁乱爬上楼顶，点燃火药。翠云楼顿时燃起冲天大火。接着，埋伏在各处的梁山好汉一齐动起手来。

王知府领兵镇（zhèn）压，被刘唐、杨雄双棍齐下，当街打死。李应、史进、解珍、解宝、邹渊叔侄到处放火，三对夫妇四处厮杀，鲁智深、武松更是勇不可当。北京城里霎（shà）时处处烈火，处处哭声。

李成和闻达护着梁中书，左冲右突，死命拼杀，血战半夜，丧尽兵马，总算护住梁中书杀出重围，逃往东京。

梁山好汉从牢中救出卢俊义、石秀。卢俊义带人捉了李固、贾氏，吴用进城，传令救火，不许伤害老百姓。众好汉打开府库，将金银财宝装车，又打开粮仓，分给百姓，然后押上李固、贾氏，分三路回梁山。

经典名句
冤各有头，债各有主。
野战攻城事不通，神谋鬼计运奇功。
星桥铁锁悠悠展，火树银花处处同。
烛龙衔（xián）照夜光寒，人民歌舞欣时安。

吴用智取大名府示意图

地图标注：
- 北砖（辉德）、北河
- 靖武、牢城
- 公孙胜、凌振坐在地上
- 城隍庙
- 柴进、乐和兄蔡
- 邹渊、邹润在街上卖灯
- 西安、留守司、东安
- 东岳
- 客店
- 解珍、解宝献纳野味
- 省风、展义
- 蔡福家
- 州桥、顺豫
- 魏县（宝成）、东门里大街
- 刘唐、杨雄坐在桥边
- 红黄龙鳌山
- 王美、扈三娘、张青、孙二娘、孙新、顾大嫂从东门混入人群中
- 卢俊义家
- 茶楼
- 杜千、宋万各推一车
- 时迁在翠云楼放火
- 翠云楼
- 铜佛寺
- 白龙鳌山、青龙鳌山
- 孔明、孔亮扮作乞丐
- 瓦子里
- 观音（金明、安正）
- 李成率领五百骑兵在城内巡查
- 南河（景风）、南砖（享嘉）、鼓角（阜昌）
- 鲁智深、武松躲在城外庵内
- 庵院

吴用智取大名府示意图

经典原文

时迁就在翠云楼上点着硫（liú）黄焰硝（xiāo），放一把火来。那火烈焰冲天，火光夺月，十分浩大。梁中书见了，急上得马。却待要去看时，只见两条大汉，推两辆车子，放在当路，便去取檐挂的灯来，望车子上点着，随即火起。梁中书要出东门时，两条大汉口称："李应、史进在此！"手拈①扑（pū）刀，大踏步杀来。把门官军吓得走了，手边的伤了十数个。杜迁、宋万却好接着出来，四个合做一处，把

冠氏（华景）

朝城（安流）

飞虎峪

闻达率领一队人马驻扎在飞虎峪防守

槐树坡

住东门。梁中书见不是头势，带领随行伴当，飞奔南门。南门传说道："一个胖大和尚轮动铁禅杖，一个虎面行者掣（chè）②出双戒（jiè）刀，发喊杀入城来。"梁中书回马，再到留守司前，只见解珍、解宝手拈（niān）钢叉，在那里东撞西撞。

注释：①拈：用手指搓捏或拿东西。②掣：拉，拽。

课外试题

攻打北京城的指挥者是谁？

宋江。宋江趁着东岳庙生辰纲时，差周围布下了一个里应外合的计策，派时迁带人名攻中放火，梁中书被打了北京城。

答案

第六十七回

打凌州
关胜收水火

人物	单延珪（地奇星）
绰号	圣水将军（梁山排名第44位）
性格	正直、忠勇
兵器	黑杆枪

点题

蔡京派凌州两个团练使去征剿梁山，还没出发，关胜却寻上门来招降。

众好汉回到梁山，宋江就要把位子让给卢俊义，卢俊义死活不肯接受。李逵气愤愤地说："哥哥的位子如果让给别人，我再杀起来！"武松说："让来让去，让得弟兄们心都冷了。"吴用从中劝解，才按下话题。卢俊义命人将李固、贾氏押上来，他亲自动手杀了二人报仇。

梁中书和夫人逃到东京，哀求蔡京发兵征剿（jiǎo）梁山。蔡京调来圣水将军单（shàn）廷圭（guī）和神火将军魏定国，带领凌州兵马前来征剿梁山泊。关胜知道后对宋江说："这二人我熟，我去收服他们。"

关胜带人下山后，吴用又派林冲、杨志、孙立、黄信引兵五千去接应关胜。李逵也要同去，宋江不许，但是，李逵便偷偷溜下山。宋江知道

单延珪，擅长用水浸兵之法，原为凌州团练使，奉命攻打梁山时，被关胜活捉，后归顺梁山，担任马军小彪将兼远探出哨头领。

后，忙派时迁、李云、乐和、王定六四人下山分头寻找。

李逵下山走了几天，遇见一个大汉。两人言语不和，打了一架后互通姓名，才知那人叫没面目焦（jiāo）挺，想去枯树山投奔丧门神鲍旭（bào xù）。李逵听了便劝焦挺投奔梁山，焦挺顺势建议李逵可以先去枯树山说服鲍旭一起去凌州，等杀死单、魏二将后，同上梁山。

李逵和焦挺正商议着，时迁追来，说宋江快急疯了，让李逵马上回山。李逵说要去杀了单、魏二将，立了功再回去。时迁拗（niù）不过李逵，只好独自回山报信。李逵便和焦挺奔向枯树山。

关胜带着宣赞、郝思文来到凌州，和单（shàn）廷圭（guī）、魏定国对阵。宣赞、郝（hǎo）思文出马战单、魏二将，中计被俘。官军乘胜追击，关胜大败而逃，幸好林冲等人及时接应，救下关胜。

单、魏二将得胜回城，把宣赞、郝思文押入囚车，派一员偏将率三百人马，连夜将二人押往东京。囚车路过枯树山时，李逵、焦挺、鲍旭拦住去路，杀死押送官兵，救下宣赞、郝思文。这五人随即带领枯树山的七百人马，攻打凌州。

次日，单、魏出城再战关胜。关胜与单廷圭斗了几个回合，勒（lè）马就走。单廷圭穷追不舍，关胜用计将单廷圭打下马。关胜却下马搀（chān）他起来，单廷圭只得投降。

第二天，魏定国出战，大骂单廷圭忘恩背主。关胜出战，却中火攻之计，败退四十里。魏定国正要收兵回城，只见城中烈火冲天，原来是李逵等率枯树山的人马，乘虚从北门攻入，杀入城中，放起火来。魏定国见了，不敢进城，只好率军逃往中陵县。

关胜乘势追杀，将中陵县团团围住。单廷圭前往劝降，魏定国说除非关胜亲自来，否则他不投降。关胜就单枪匹马进城，魏定国见关胜一片诚心，于是愿意投降。林冲等与李逵等合兵一处，胜利而归。

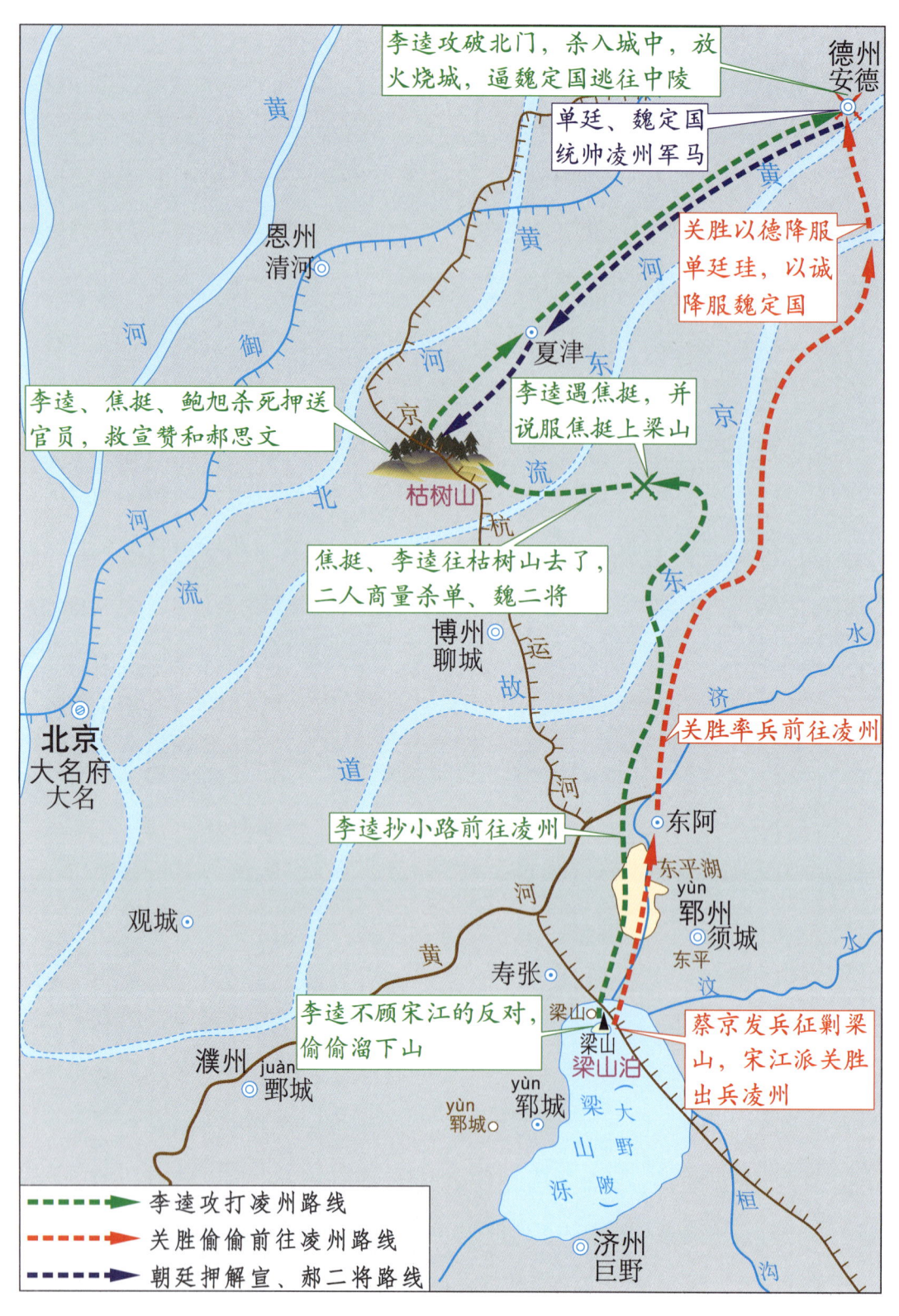

打凌州关胜收水火二将示意图

经典名句

情知语是钩和线，从头钓出是非来。
路旁手发千钧锤（chuí），秦王副车烟尘飞。
堪笑蔡京多误国，反疏忠直快私仇。

经典原文

不说戴宗争先去了，且说关胜等军马回到金沙滩边，水军头领棹船接济军马，陆续过渡，只见一个人气急败坏跑将来。众人看时，却是金毛犬段景住。单廷圭便对关胜、林冲等众位说道："此人是一勇之夫，攻击得紧，他宁死而不辱。事宽①即完，急难成效。小弟愿往县中，不避刀斧，用好言招抚此人，束手来降（jiàng），免动干戈（gē）②。"关胜见说大喜，随即叫单（shàn）廷圭（guī）单人匹马到县。小校报知，魏定国出来相见了，邀请上厅而坐。单廷圭用好言说道："如今朝廷不明，天下大乱，天子昏昧（mèi），奸臣弄权。我等归顺宋公明，且归水泊。久后奸臣退位，那时临朝，去邪归正，未为晚矣。"魏定国听罢，沉吟半晌，说道："若是要我归顺，须是关胜亲自来请，我便投降。他若是不来，我宁死而不辱！"单廷圭即便上马回来，报与关胜。关胜见说，便道："大丈夫作事，何故疑惑（huò）。"便与单廷圭匹马单刀而去。

注释：①宽：宽缓。②干戈：代指战争。

课外试题

魏定国为什么非要让关胜亲自前来，自己才肯投降？

答案：其一是魏定国想要通过这件事，来考验关胜的诚意；其次他以为关胜是员良将，想让自己的部下看到他。

第六十八回

卢俊义活捉史文恭

人物	卢俊义（天罡星）
绰号	玉麒麟（梁山排名第2位）
性格	重情重义，武艺高强
兵器	丈二钢枪

点题

打曾头市，吴用不希望史文恭落入卢俊义手中，但是却事与愿违。

　　林冲一行人回到梁山脚下，遇到段景住，听他说他买了二百多匹好马，路过青州时，被险道神郁（yù）保四抢走送给家五虎了。

　　众好汉回山，单、魏、焦、鲍拜见宋江。段景住说了郁保四抢马的事，宋江决定再去攻打曾头市。

　　数日后，戴宗探得消息：曾头市扎下了五个营寨，由史文恭、苏定二位教师与曾家五虎分头把守。险道神郁保四和所夺的马匹都在法华寺。

　　卢俊义申请打头阵，但吴用有所顾虑，只派他和燕青带人到偏僻

卢俊义，重情重义，武艺高强，棍棒天下无双，原是河北大名府富商，后被宋江等人用计骗上梁山，成为梁山第二首领。

（pì）地方埋伏，另派其他将领分别攻打四寨，宋江、吴用自领中军去攻打总寨，李逵、樊（fán）瑞殿后接应。

史文恭（gōng）下令让士兵在南寨多挖陷坑，周围埋伏挠（náo）钩手。时迁把这一情况侦探清楚，报给吴用。吴用让时迁在陷坑处做上记号，等时迁做完记号，吴用传令用一百多辆车装满干柴、火药，藏在中军，然后令四寨人马虚张声势，四面攻打。

史文恭在南寨挖了陷坑，把大队人马都聚集在南寨，只等梁山人马跌入陷坑出伏兵捉人。这时东西寨来报，有人攻打，史文恭就分兵援助。谁知吴用指挥人马从两路包抄，把南寨的伏兵全赶进陷坑，又让人把百余辆车子推出，点燃火药。公孙胜又作法让风卷起烈火，将南寨烧尽，得胜收兵。

第二天，曾涂出马，被吕方、郭盛双戟（jǐ）刺死在马下。第三天，史文恭与秦明出阵大战，史文恭一枪刺中秦明的大腿，秦明败退。吴用派人送秦明回山养伤，调关胜、徐宁、单廷珪、魏定国四人前来助战。

吴用算定敌人会来偷袭，设下埋伏。果然史文恭晚上带人偷袭，正中埋伏，曾索死于混战之中，史文恭等夺路逃脱。曾弄见又死了一个儿子，不敢再打，让史文恭写信投降。史文恭只好派人送投降书。吴用将计就计，让曾弄交出两次所夺马匹和郁保四。

曾弄让宋江用人质换郁保四，梁山就派时迁、李逵、樊瑞、项充、李衮（gǔn）五人为质。史文恭说："派来五人，定有阴谋。"曾弄不听史文恭劝阻，让人质住进法华寺，并派人看守，然后又派曾升连同郁保四去宋江寨中讲和。二人带着第二次抢夺的马匹和金帛（bó）来到宋江寨中，但宋江指明要第一次被夺的千里白龙驹（jū）照夜玉狮子马，此马正是史文恭的坐骑，史文恭却派人来说："只要你们能够退兵，我便献上此马。"

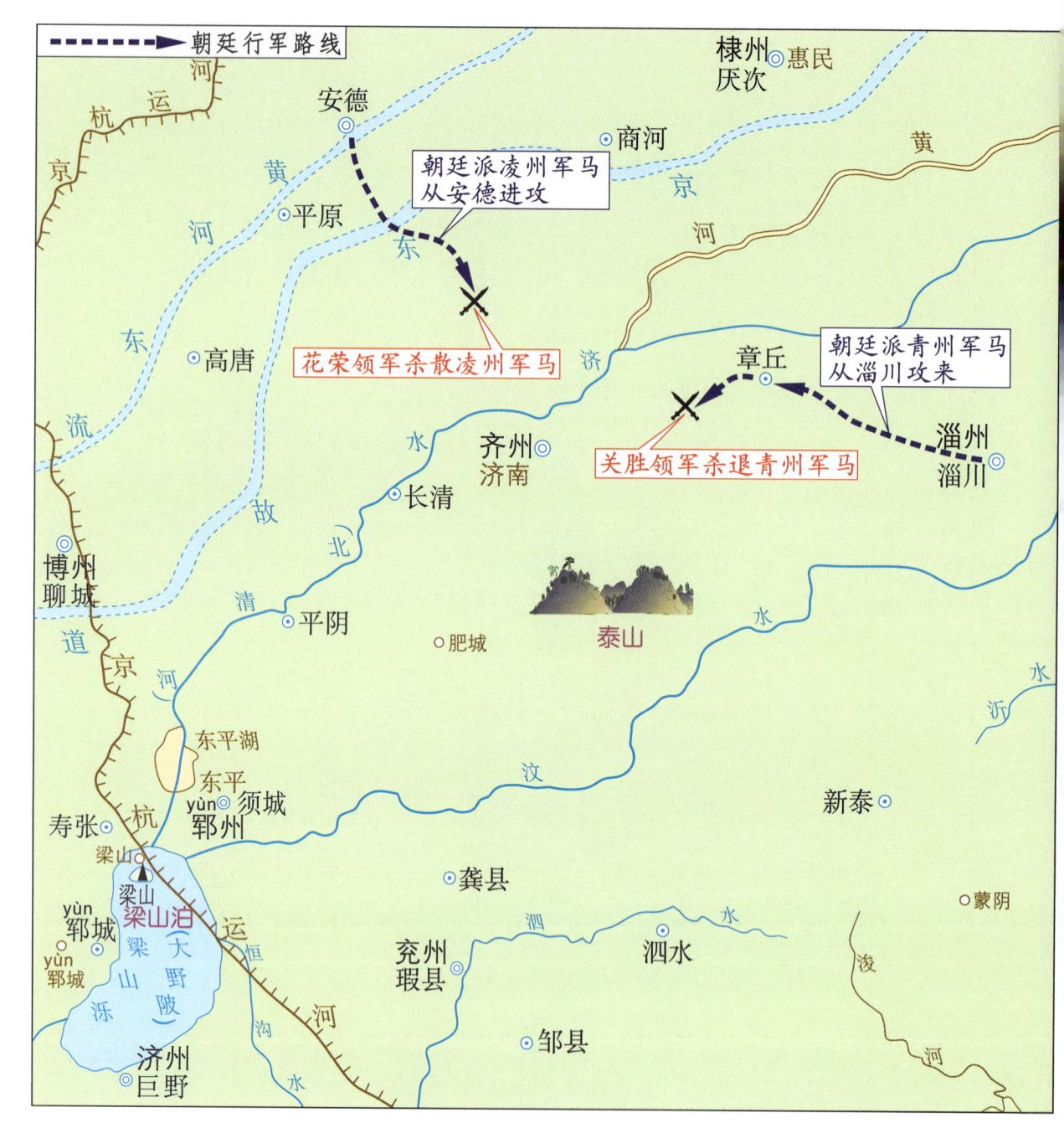

梁山击败朝廷援军示意图

宋江听了，正在和吴用商量如何应对之时，突然有探子来报："青州、凌州两路有兵马杀过来了。"于是宋江令关胜率军击退青州兵马，令花荣率军击退凌州兵马。之后宋江和吴用恩威并施，反复劝说郁保四上梁山入伙。郁保四答应归顺后，吴用让他依计行事。当晚郁保四设法私逃回来，告

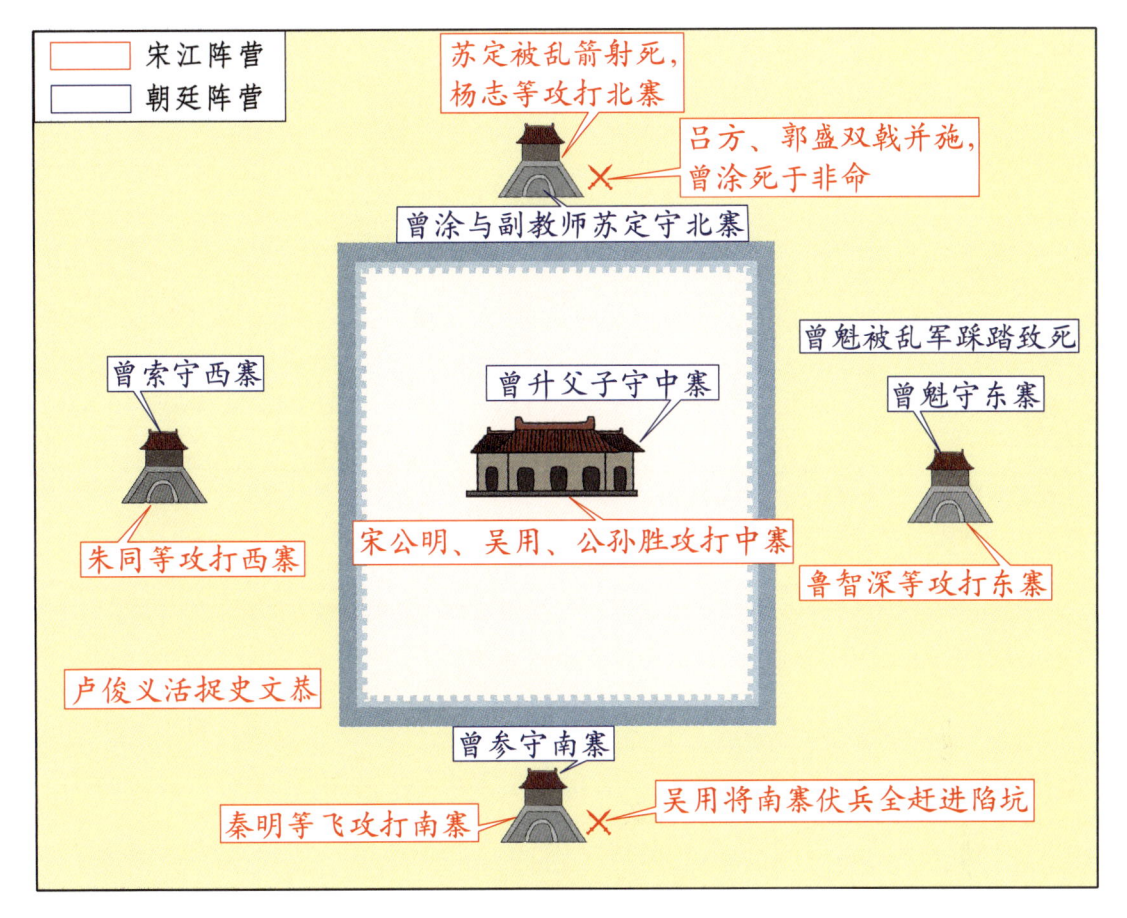

曾头市五营寨分布图

诉史文恭，说宋江无心讲和，只想要马，建议史文恭趁宋江放松警（jǐng）惕（tì），前去偷袭。史文恭决定一试，郁保四又偷偷来到法华寺，把消息透露给时迁等人。

当晚史文恭、苏定、曾密、曾魁（kuí）一起率军劫寨，却发现寨内空无一人，于是慌忙退兵。这时，时迁撞响法华寺大钟，李逵等人从寺中杀出来。曾弄见寨中大乱，又听到梁山泊大军两路杀了入来，就在寨里上吊自杀了；曾参（shēn）径直逃往西寨，被朱仝（tóng）一朴刀杀死；曾魁逃往东寨时被乱军踏成肉泥；苏定要逃往北门时被乱箭射死；史文恭马快，杀到西门，被卢俊义、燕青带人拦住去路，捉住绑了，押回山寨。

经典名句

国以信而治天下，将以勇而镇外邦。
人无礼而何为，财非义而不取。
天道好还非谬（miù）语，身亡家破不胜叹。

经典原文

又听得寨（zhài）前炮响，史文恭按兵不动，只要等他入来塌（tā）了陷坑（kēng），山后伏兵齐起，接应捉人。这里吴用却调马军，从山背后两路抄到寨前。前面步军只顾看寨，又不敢去；两边伏兵都摆在寨前，背后吴用军马赶来，尽数①逼下坑去。史文恭却待出来，吴用鞭梢（shāo）一指，军寨中锣（luó）响，一齐排出百馀（yú）②辆车子来，尽数把火点着，上面芦苇、干柴、硫（liú）黄、焰硝（xiāo）一齐着起，烟火迷天。比及③史文恭军马出来，尽被火车横拦当住，只得回避，急待退军。公孙胜早在阵中挥剑作法，借起大风，刮得火焰卷入南门，早把敌楼、排栅（shān）尽行烧毁。

注释：①尽数：全部。②馀：同"余"。③比及：等到。

课外试题

史文恭被谁捉住？

答案：史文恭为了躲避漫天大火，策马逃窜至北门外，半路中，与卢俊义、燕青等一起相遇，被活捉住了史文恭。

第六十九回

东平府
宋江放董平

人物	董平（天立星）
绰号	双枪将（梁山排名第15位）
性格	心灵机巧、勇猛莽撞
兵器	双枪

点题

董平投降梁山后骗开城门，强抢程小姐为妻，实在难称是好汉行为。

宋江杀了史文恭祭奠（diàn）晁盖，又要让位给卢俊义，很多人不服。宋江又想了个主意，说梁山东面的东平府和东昌府，由他和卢俊义抓阄（jiū）攻城，谁先攻下城来，谁为山寨之主。然后宋江拈（niān）了东平府，卢俊义拈了东昌府。两人各领大小头领二十五员，水军头领三员，马步军一万下山。

宋江来到离东平府四十里的安山镇，扎下营寨。史进告诉宋江，他和城内一个叫李瑞兰的妓女关系很好，可以潜伏在她家为内应。宋江便与史进约定时间，放火为号，攻打城池。

史进来到李瑞兰家，跟李瑞兰如实说了自己来的来意，还送给她一包金银，并承诺事成之后保她一家有享不尽的福。李瑞兰收下金银，告诉了父母。没想到李父马上就去报了官，官府立即把史进捉到

董平，原为东平府兵马都监，后被宋江生擒，入伙梁山，是马军五虎将之一。

衙（yá）门，一顿严刑拷（kǎo）打后，将他打入死牢。

吴用听说史进被抓进了东平府，料定要坏事，就让顾大嫂扮作乞丐进城，打听消息，并嘱咐："如果史进被抓，你装作送饭的，让他月尽（月尽，农历每月的最后一天）夜越狱，放火为号。"

宋江攻打汶（wèn）上县，顾大嫂扮成逃难女人，随汶上百姓逃进东平城。她手提饭罐（guàn）来到狱前，哭哭啼啼，求一老狱卒放她进去给原来的主人史进送点饭。老狱（yù）卒本不敢放她进去，但一来见她是个半老妇人，二来见她哭得可怜，就放她进去了。

顾大嫂进去刚见到史进，别的狱卒就来赶她走，她只好边走边含含糊糊地说："月尽夜，叫你自挣扎。"

史进突然记起，就在顾大嫂进来之前，两个狱卒聊天，说今天已是月尽日。等到天晚，史进说要大便。一个狱卒把他押到茅房，解开半边枷锁。史进趁狱卒不防备，一枷扫去，打死狱卒，然后挣开枷，提枷打了出去。狱卒们死的死，跑的跑。史进趁机放了所有犯人。

程万里听到消息，大吃一惊。董平马上让他带人包围监牢，自己去擒宋江。董平来到阵前，力战韩滔（tāo）和徐宁。宋江派大队人马围住他，董平丝毫不怕，拿双枪横冲直撞，直战到下午，才冲出重围回城。宋江也连夜率兵，直抵城下。

程万里有个女儿十分漂亮。董平曾数次提亲，程万里没答应。这晚，董平又去求亲，程万里说等退了贼兵再说。董平非常不高兴。

第二天交战，宋江假装失败，四散逃走，董平拍马追来。宋江只好退到寿张县界，宋江在前面跑，董平在后面追，到达了一个村镇，两边都是草屋，中间一条驿（yì）道。董平不知是计，只顾纵马赶来，而宋江早已差人埋伏在了草屋中，用绊马索将马绊倒，董平也随之落马。众人齐上将董平活捉，押到绿杨树下。宋江为董平松绑，还向董平下跪，说愿意拿梁山寨主之位相让。董平大为感动，愿意投降。随后董平在前领路，带着宋江的人马来到东平城下。董平在城下大喊："快开城门"。守城的将领看到是董平，便打开城门，放下吊桥，董平拍马先入，宋江随后率人杀入城中。

宋江派人救出史进。董平直奔府衙，抢了程小姐。宋江把程太守的家产全部分给百姓，又打开府库，把金银米粮运回山寨。

经典名句
两国相战，不斩来使。
大厦（shà）将倾，非一木可支。

经典原文
董平要逞（chěng）功劳，拍马赶来。宋江等却好退到寿张县界。宋江前面走，董平后面追，离城有十数里，前至一个村镇，两边都是草屋，中间一条驿（yì）道。董平不知是计，只顾纵马赶来。宋江因见董平了得，隔夜①已使王矮虎、一丈青、张青、孙二娘四个，带一百馀（yú）人，先在草屋两边埋伏，却拴（shuān）数条绊马索在路上，又用薄土遮盖，只等来时鸣锣为号，绊马索齐起，准备捉这董平。董平正赶之间，来到那里，只听得背后孔明、孔亮大叫："勿伤吾主！"恰好②到草屋前，一声锣（luó）响，两边门扇齐开，拽（zhuài）起绳索。

注释：①隔夜：前一夜。②好：刚好。

课外试题

董平是怎样被捉的？

答案：宋江事先在路上设下埋伏，用绊马索将董平绊倒捉拿。

039

第七十回

宋公明用计捉张清

人物	张清（天捷星）
绰号	没羽箭（梁山排名第16位）
性格	忠贞不贰、瞻前顾后
兵器	飞凰石、梨花枪

点题

张清和皇甫（fǔ）端归顺梁山，应了三十六天罡七十二地煞星数，至此梁山鼎盛。

打下东平府后，宋江班师回山，他走到安山镇，白胜前来禀（bǐng）报，说卢俊义出师不利，东昌府守将没羽箭张清飞石打人，已有好几位头领被打伤。张清手下两员副将，花项虎龚（gōng）旺会使飞枪，中箭虎丁得孙会使飞叉，也是非常勇猛。

宋江马上兵发东昌府，卢俊义把宋江迎进大帐，正介绍军情，张清又来挑战。宋江带众头领出去迎战。

徐宁先出战，没几回合，被张清一石打中眉心，翻身落马。吕方、郭盛忙杀出，救回徐宁。燕顺又出马，战不了几回合，又被一石打中护心镜，吓得勒马逃回。韩滔出战，也被打中鼻凹（āo）。

仅仅半天工夫，宋江军中十五员上将被张清打伤，刘唐被俘，梁山这边捉了龚旺、丁得孙两人。双方休战，张清押着刘唐回城，宋江回营对张清赞不绝口。

张清，绰号没羽箭，原是东昌府守将，后入伙梁山，担任马军八骠骑兼先锋使。

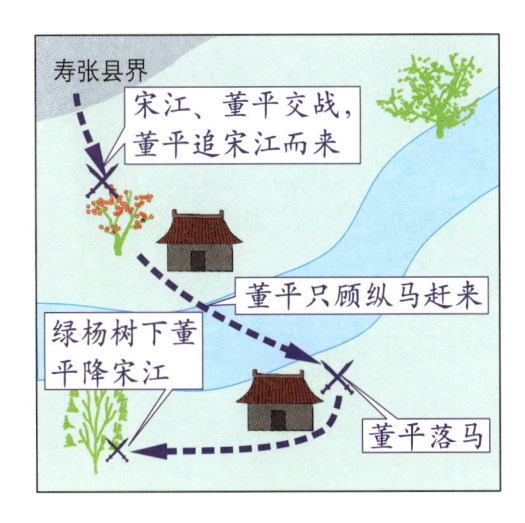

董平归顺示意图

- 寿张县界
- 宋江、董平交战，董平追宋江而来
- 董平只顾纵马赶来
- 绿杨树下董平降宋江
- 董平落马

宋公明用计捉张清示意图

- 宋江攻东平府行军路线
- 卢俊义攻东昌府行军路线
- 张清打了梁山泊十五员大将
- 博州聊城·东昌府
- 杨刘镇
- 卢俊义攻打东昌府
- 莘县
- 宋江大获全胜，得知卢俊义出师不利，率大军前去迎战
- 阳谷
- 东阿
- 史进提前埋伏在东平府被捉，与宋江里应外呼
- 董平骗开城门，宋江杀入城中
- 东平湖
- 东平府 西瓦子 须城 郓州
- 宋江佯败退到寿张县界
- 寿张
- 安山镇
- 梁山 梁山泊（大野陂）
- 中都（汶上）
- 宋江攻打中都（汶上），顾大嫂入狱报信
- 郓城
- 任城

张清正和东昌知府商量如何退敌，就听探子来报，说梁山泊的粮草队伍分水陆两路，在不远处出现。知府怕是诡（guǐ）计，再派人打探，发现的确是粮草。张清就领一千兵马趁夜出城，先劫陆上，后劫水中。

张清率军行不到十里，就见前面一支车队插着"水浒寨忠义粮"的旗号，由鲁智深、武松押运，直往前行。张清拍马迎上，大叫："秃驴吃我一石。"手中飞出一石正中鲁智深脑门，鲁智深一头栽（zāi）倒，武松舞双戒（jiè）刀拼死救下，率军一哄而散。

张清把粮车送回城，又来抢粮船。突然

041

阴云密布，黑雾遮天，对面不见人影，这是公孙胜使的法术。张清正要收兵，忽然杀声四起，只见林冲率铁骑（qí）冲来，将张清的人马都赶入水中。

李俊、二张、三阮、两童八个水军头领，尽情捉人。张清纵有三头六臂，在水中也是旱（hàn）鸭子，被三阮活捉，绑送大寨。宋江的人马趁机杀进城中，打开大牢，救出刘唐。因知府平日清廉，宋江没有伤害他，仅打开仓库，将一部分钱粮分给百姓，其余尽送上山。

张清被押到大帐，宋江折箭为誓，不记前仇。张清深感宋江仁义，情愿归顺，还举荐东昌府一个兽医，人称紫髯（rán）伯皇甫（fǔ）端。宋江大喜，接见皇甫端后，便率军凯旋而归。此时山寨大小头领已有一百零八名。

回到山寨，公孙胜领着一帮道士，筑坛超度亡灵。到第七天三更时，忽听天上一团火球直落下来，绕坛一周，钻入正南地下。宋江命人挖掘（wā jué），挖出一块石碑，上面刻满蝌蚪（kē dǒu）般的文字，只有一位姓何的道士认识。

经何道士辨认，碑正面竟然刻着宋江等三十六名天罡（gāng）星的姓名，背面刻着七十二名地煞（shà）星的姓名。宋江让何道士辨读，命萧让抄录了下来，然后按照石碑排名顺序，宋江坐了主位，卢俊义第二，众头领依次排位，再无话说。

经典名句
尽忠报国，死而后已。
只因肝胆存忠义，留得清名万古传。
龙鳞（lín）铁甲披凤毛，宫锦花袍明绣补。

经典原文
宋江看了皇甫（fǔ）端一表非俗①，碧眼重瞳（tóng）②，虬（qiú）须③过腹。皇甫端见了宋江如此义气，心中甚喜，愿从大义。宋江大喜。

抚谕（yù）已了，传下号令，诸多头领，收拾车仗、粮食、金银，一齐进发。鞍（ān）上将鞭敲金镫（dèng）响，步下卒齐唱凯歌声。把这两府钱粮，运回山寨。前后诸军都起。于路无话，早回到梁山泊忠义堂上。宋江叫放出龚（gōng）旺、丁得孙来，亦用好言抚慰，二人叩首拜降。又添了皇甫端，在山寨专工医兽。董平、张清亦为山寨头领。宋江欢喜，忙叫排宴庆贺，都在忠义堂上，各依次席而坐。宋江看了众多头领，却好一百单八员。

宋江开言说道："我等弟兄，自从上山相聚，但到处并无疏失，皆是上天护佑，非人之能。今来扶我为尊，皆托众弟兄英勇。一者合当聚义，二乃我再有句言语，烦你众兄弟共听。"吴用便道："愿请兄长约束，共听号令。"宋江开言说道："我等弟兄，自从上山相聚，但到处并无疏失，皆是上天护佑，非人之能。今来扶我为尊，皆托众弟兄英勇。一者合当聚义，二乃我再有句言语，烦你众兄弟共听。"吴用便道："愿请兄长约束，共听号令。"

注释：①一表非俗：仪表非比寻常。②重瞳：两个瞳仁。③虬须：卷曲的络（luò）腮胡。

课外试题

张清的绰号为什么叫"没羽箭"？

答案：张清擅长飞石，能百步穿杨，因此得到了"没羽箭"的绰号。

第七十一回

抒胸臆
宋江扫酒兴

人物	乐和（地乐星）
绰号	铁叫子（梁山排名第77位）
性格	温和开朗
兵器	奏乐演唱

点题

坐上第一把交椅的宋江，终于可以直抒心中愿望了，没想到却扫了大家酒兴。

排定好座次、分配好岗位、落实好责任，梁山好汉们各自按部就班，各司其职，一派兴旺景象。

时间一晃，又快到重阳节了，宋江决定举办一个大型聚会，请众兄弟们一起喝酒赏菊，让所有下山外出的兄弟，无论远近，重阳节这天都赶回来赴宴。

重阳节这天，整个梁山到处是肉山酒海。三军将领和军士，各自分类吃喝。忠义堂上遍插菊花，各个英雄依次而坐，筛（shāi）锣（luó）击鼓，笑语喧哗，觥筹（gōng chóu）交错，相互把盏。

太阳将落，宋江大醉，乘兴填了一首《满江红》词，让乐和单唱。道是：

"喜遇重阳，更佳酿（niàng），今朝新熟。见碧水丹山，黄芦苦竹。头上尽教添白发，须边不可无黄菊。愿樽（zūn）前长叙弟兄情，如金玉。统豺虎，

乐和，曾联系孙立、孙新、顾大嫂等救出解珍、解宝两兄弟后，一起入伙梁山。

御边幅；号令明，军威肃（sù）。中心愿，平虏（lǔ）保民安国。日月常悬忠烈胆，风尘障却奸邪目。望天王降诏（zhào）早招安，心方足。"

当乐和唱到"望天王降诏早招安"时，武松叫道："今日也要招安，明日也要招安去，冷了弟兄们的心！"李逵也圆睁怪眼，大叫："招安，招安，招甚鸟安！"一脚把桌子踢得粉碎。

宋江火了："这黑鬼竟这么无礼，给我推出去斩了！"众人都跪下求情，宋江才下令把李逵押下牢中。

李逵被押走后，宋江忽然落下泪来，说："不是我心狠，其实我和他感情最重。我在江州醉题反诗，蒙他相救，才有今日。今天醉酒，我竟然因为《满江红》词，差点儿要了他的命。"

宋江又叫过武松，责问："兄弟，你也是个明白事理的人，我主张招安，是想改邪归正，做一个堂堂正正的国家臣子，如何就冷了众人的心？"

武松还没回答，鲁智深便接口说："当今满朝文武，多是蒙蔽（bì）皇帝的奸邪（xié）之徒，就好比我身上的僧衣，被污染了，怎么还洗得干净？你们只想招安，干脆明天一个个自求前程去吧。"

宋江说："当今皇帝还是圣明的，只是暂时被奸臣蒙蔽。如果皇帝知道我等替天行道，不骚（sāo）扰老百姓，招安我们，我们同心报国，青史留名，有何不美？我为大家着想，没别的意思。"大家最终不欢而散。

次日清晨，众人引着李逵，去给宋江赔罪。宋江训斥说："山寨这么多人都像你一样无礼，岂不乱了法度？这次看在众兄弟面上，饶你一次，下次不能再犯。"

山中无事，渐渐到了年底。一天，山下有人来报，在寨外七八里的地方，拦住一伙从莱（lái）州前往东京的公差。宋江让人领到堂前：两个公人、八九个灯匠、五辆车子，原来是给京城送花灯的。宋江留下一盏九华

鼎盛时期梁山泊布局示意图

> **经典名句**　猛虎直临丹凤阙，杀星夜犯卧牛城。
> 　　　　　　头上尽教添白发，鬓边不可无黄菊。

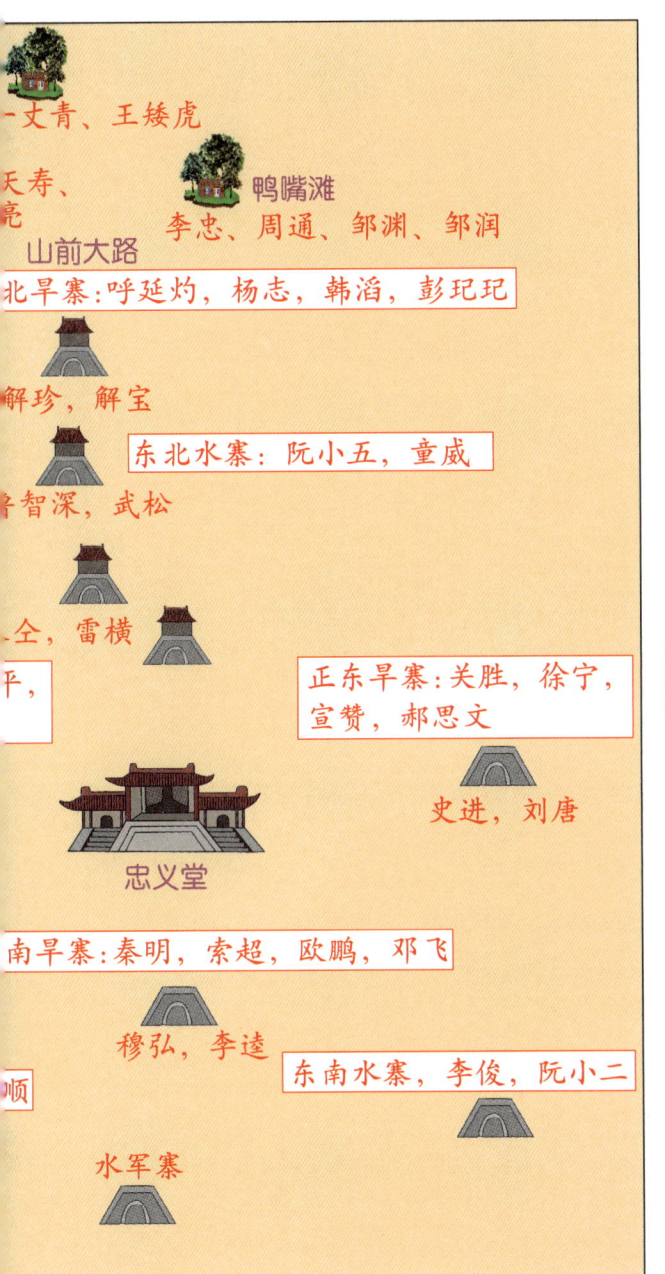

灯，便放他们走了。

第二天，宋江对大家说："我长这么大，还没到过京城，趁着这次元宵节，我想和几个兄弟去京城看一回灯。"众人都担心他的安全，连忙劝阻，但宋江坚持要去。

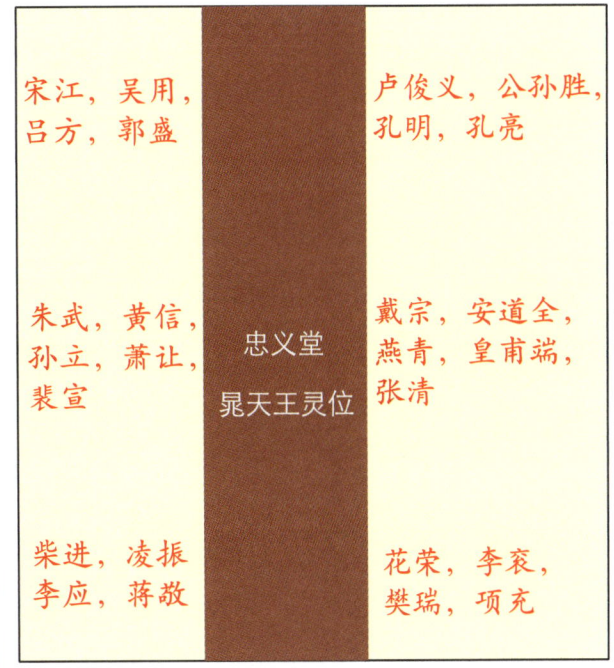

梁山新布局示意图

一丈青、王矮虎
天寿、亮
山前大路
鸭嘴滩 李忠、周通、邹渊、邹润
北旱寨：呼延灼，杨志，韩滔，彭玘
解珍，解宝
东北水寨：阮小五，童威
鲁智深，武松
全，雷横
正东旱寨：关胜，徐宁，宣赞，郝思文
史进，刘唐
忠义堂
南旱寨：秦明，索超，欧鹏，邓飞
穆弘，李逵
东南水寨，李俊，阮小二
顺
水军寨

梁山好汉座位示意图

宋江，吴用，吕方，郭盛	忠义堂 晁天王灵位	卢俊义，公孙胜，孔明，孔亮
朱武，黄信，孙立，萧让，裴宣		戴宗，安道全，燕青，皇甫端，张清
柴进，凌振，李应，蒋敬		花荣，李衮，樊瑞，项充

经典原文 乐和唱这个词，正唱到"望天王降诏早招安"，只见武松叫道："今日也要招安，明日也要招安去，冷了弟兄们的心！"黑旋风便睁

圆怪眼，大叫道："招安，招安！招甚鸟安！"只一脚，把桌子踢起，攧（diān）①做粉碎。宋江大喝道："这黑厮（sī）怎敢如此无礼！左右与我推去斩讫（qì）②报来！"众人都跪下告道："这人酒后发狂，哥哥宽恕！"宋江答道："众贤弟且起，把这厮推抢监下。"众人皆喜。有几个当刑小校，向前来请李逵。李逵道："你怕我敢挣扎？哥哥剐（guǎ）我也不怨，杀我也不恨。除了他，天也不怕！"说了，便随着小校去监房里睡。宋江听了他说，不觉酒醒，忽然发悲。吴用劝道："兄长既设此会，人皆欢乐饮酒。他是个粗卤的人，一时醉后冲撞，何必挂怀，且陪众兄弟尽此一乐。"宋江道："我在江州醉后误吟了反诗，得他气力来。今日又作《满江红》词，险些儿坏了他性命，早是得众弟兄谏救了！他与我身上情分最重，如骨肉一般，因此潸（shān）然泪下。"便叫武松："兄弟，你也是个晓事的人。我主张招安，要改邪归正，为国家臣子，如何便冷了众人的心？"鲁智深便道："只今满朝文武，俱是奸邪，蒙蔽圣聪，就比俺的直裰（duō）染做皂了，洗杀怎得干净？招安不济事！便拜辞了，明日一个个各去寻趁罢。"

注释：①攧：翻滚着落下地。②讫：完毕。

课外试题

宋江说到招安，大家为什么都不高兴？

答案：其实招安在每个梁山好汉心里，大家对朝廷失去了尤其造反都是逼迫上梁山的，他们对朝廷失去了太多的信任感。

第七十二回

看花灯李逵闹东京

点题

宋江带上李逵到京城看花灯，险些出了大事。

宋江对东京之行做了安排：宋江和柴进一路，史进和穆弘一路，鲁智深和武松一路，朱仝和刘唐一路，戴宗往来传信。李逵也嚷（rǎng）着要去，宋江没办法，只好让他和燕青随自己同行。

宋江、柴进、燕青、李逵四人在正月十一这天，来到东京万寿门外一家客店住下。宋江说："明天白天是断然不敢入城的，到了正月十四的晚上，人物喧嚣（xiāo），才能入城。"柴进说："明天我和燕青先去城里探探路。"宋江说："好。"

第二天，柴进和燕青两人穿戴整齐，便离开客店，进入城中。两人在城中东游西逛，不久，来到一家酒楼，进入一个临街的小房子中远望街道，看见街上有很多官差。于是，柴进和燕青设计，把一个官差骗来喝酒。将官差灌醉后，柴进换上他的衣服，离开酒店，径直走入东华门。出了东华门，走入紫宸（chén）殿，转过文德殿，看到殿门都有金锁锁住，不能进去，随即转过凝（níng）晖殿，从殿边走过，来到一个偏殿，只见牌上写着"睿思殿"，这是皇帝看书的地方。柴进闪身从侧边的窗户跳入，看见一个屏风，屏风的背面写着"山东宋江，淮西王庆，河北田虎，江南方腊"四大寇的姓名。柴进便将"山东宋江"四个字刻了下来。随后柴进赶紧出殿，回到酒楼，把衣服还给还在醉酒的官差。然后和燕青出了万寿门回到客店，

柴进入城探路示意图

告诉宋江自己的所见所闻。

正月十四日黄昏，宋江、柴进、燕青乔装打扮，夹杂在社火队里，溜进城门。三人转过御街，看到前面有一家妓院，金碧辉煌，豪华无比，招牌上写着："歌舞神仙女，风流花月魁（kuí）。"这正是当时名噪一时的名妓

李逵元宵夜闹东京示意图

李师师所待的地方，也是当朝皇帝经常驾临的地方。

宋江见了，就让燕青想办法，见李师师一面。燕青直接来到李师师家找到老鸨李妈妈，送上金银，谎称自己的主人是山东财主，慕名想见李师师一面。那李妈妈贪财，忙叫李师师出来。李师师就让燕青把那山东财主请来。

燕青把宋江、柴进、戴宗带到李师师跟前。李师师请四人入座，亲自给四人筛茶。刚聊一会儿，就见奶妈来说："皇上来了。"李师师忙说："今天不能陪几位了，请诸位明天来吧。"

四人当下离开，出了小御街，在街上游玩了一会儿，才回到客店。李逵埋怨宋江进城不带上他，宋江答应明天晚上带他进城。于是，李逵呵呵大笑。

正月十五晚上，城中赏灯的游人很多。守卫京城各门的将士全副武装，高太尉亲自带着五千骑兵在城中巡视。

宋江五人从万寿门入城，来到李师师家，先送上一百两黄金，然后戴宗和李逵在门口等，其余三人进到里面。李师师让丫鬟（huán）捧出奇珍果品、珍稀酒肴（yáo）招待他们。

酒过数巡，李师师让戴宗和李逵进来，一人赏了三大杯酒。燕青怕李逵酒后失礼，依旧让他和戴宗去门口坐等。

正喝得高兴，奶妈又来说："皇上从地道来到后门了。"李师师忙起身接驾，宋江等人来不及出去，便都躲在暗处。天子和李师师进了房间。

跟皇帝一起来的杨太尉揭（jiē）帘推门，走进门来，看见李逵在门口站着，大声喝问："你是谁，怎敢在这里？"李逵正因为宋江三人和李师师喝酒，却让他和戴宗守门，一肚子气没处撒，见杨太尉呵斥他，提起椅子把杨太尉砸倒在地，又扯下一幅画在蜡烛上点燃，一面放火，一面把桌椅打得粉碎。邻居们一面救火，一面救杨太尉。

此时，城中杀声震天。高太尉正在北门巡逻，听到消息后便率兵赶来。燕青和李逵正在往外冲杀，迎面碰上了穆弘、史进，四人齐心协力一起杀到城门口。而城外的鲁智深、武松、朱仝、刘唐早已杀入城中，接应四人。宋江等刚杀出城，高俅的兵马也追上来了。只听见城外有人喊道："梁山泊好汉都在这里，快快投降，免你们一死。"高俅等听后，赶紧让人收起吊桥，关上城门。原来是吴用料定东京会出事，便派关胜、林冲、秦明、呼延灼、董平五人带领一千人马前来接应，正好遇到宋江、柴进、戴宗三人，众人上马准备回梁山，却发现少了李逵，便让燕青去寻找。

经典名句 霭（ǎi）霭祥云笼紫阁，融融瑞气照楼台。

经典原文

写毕，递与李师师，反复看了，不晓其意。宋江只要等他问其备细①，却把心腹衷曲②之事告诉。只见奶子来报："官家③从地道中来至后门。"李师师忙道："不能远送，切乞恕罪。"自来后门接驾。奶子丫鬟（huán）连忙收拾过了杯盘什物，打过台桌，洒扫亭轩。宋江等都未出来，却闪在黑暗处，张见李师师拜在面前，奏道："起居圣上龙体劳困。"只见天子头戴软纱唐巾，身穿滚龙袍，说道："寡（guǎ）人今日幸④上清宫方回，教太子在宣德楼赐万民御（yù）酒，令御弟在千步廊（láng）买市。约下杨太尉，久等不至，寡人自来，爱卿近前，与朕攀（pān）话。"

注释：①备细：详细情况。②衷曲：内心隐秘的心事。③官家：宋朝对皇帝的称谓。④幸：古代指帝王到某处去。

课外试题

宋江为什么想见李师师？

答案：为了招安。宋江想通过李师师向徽宗表达自己希望招安的意愿，达到招安的目的。

第七十三回

黑旋风大闹忠义堂

点题

在李逵眼中,宋江是一个形象完美的人。但当他怀疑宋江做下不义之事时,竟要斧劈宋江。

燕青找到李逵,两人走小路回山寨。这天天色已晚,两人到一个大庄院借宿。庄主刘太公让人弄饭给他们吃后,让他们在客房休息。

李逵半夜听到有人在呜呜咽咽地哭,很是心烦。天亮就问刘太公,半夜是谁在哭?太公只好说是他们老两口因为十八岁的女儿被强盗抢走,伤心而哭。李逵又问是什么时候被哪里的强盗抢的?刘太公说是前两天被梁山宋江和一个年轻人骑马来抢走的。李逵说:"我是梁山黑旋风李逵,他是浪子燕青。宋江抢你女儿,我去要来还你。"

李逵、燕青赶回梁山泊,直闯忠义堂。李逵圆睁怪眼,拔出大斧,砍倒杏黄旗,把"替天行道"四个字撕得粉碎,接着直奔宋江。大家慌忙拦住他,夺了大斧,拉到堂下。

宋江恼火地说:"你这家伙动不动就发疯。你说,我错在哪里?"李逵气得喘(chuǎn)着粗气,说不出话,燕青就把路上遇到刘太公的事说了。

宋江说:"纯粹胡说。我和大家一同回来,如果半路抢女人,谁不知道?你要不信,去我房里看有没有女人。"

李逵说:"这些人都是你手下,哪个不替你说话?可惜我敬你是条好汉,原来是个好色之徒。你包养阎（yán）婆惜、求见李师师不是例子？今天你把女儿还给人家最好，不然我早晚杀了你。"

宋江说："既然你一口咬定是我，我跟你去对质。对上了，我伸着脖子让你砍，对不上怎么办？"李逵说："对不上，我把头给你！"宋江说："好，众兄弟都是见证。"李逵又说："还有，那年轻人就是柴进。"柴进说："我也跟你同去。"李逵说："你别嘴硬，真对上了，管你柴大官人米大官人，一样杀。"

李逵和燕青再一次来到刘太公家。李逵问刘太公和庄客："抢人的是他俩吗？"刘太公说不是。李逵说："如果是他，只管实说，不要怕，我替你们做主。"众人都说不是。宋江对李逵说："回去跟你算账。"说完，宋江和柴进一行人先回去了。

李逵见自己错怪宋江，一下子蔫（niān）了，燕青给他出了个主意。

宋江、柴进正在忠义堂上笑着跟大家说李逵的事，只见李逵光着脊（jǐ）背，背着一根荆条，跪在堂前，低着头，不出一声。

宋江逗他说："我和你赌的是砍头，你怎么负荆请罪？"李逵说："哥哥要是不饶我，就把这颗头割去算了。"宋江说饶他也行，但要他把那个假宋江捉住。李逵满口答应，宋江叫燕青协助他。

李逵和燕青二人来到刘太公的庄上，细问了那假宋江和假柴进二人的长相，然后离开刘家庄向正北方向寻去，走了一两日依旧没有消息，就往正东寻去，一直走到凌州高唐界内，还是没有消息。一天晚上，两人在古庙歇息的时候，捉到了一个拦路抢劫的人，从他口中打听到那假宋江假柴进就是牛头山的两个强盗王江和董海。燕青和李逵找到那两个强盗，杀了他们，救出刘太公的女儿，送回刘家。

两人提着两个强盗的人头，回去交令。宋江见了大喜，命人把人头埋了。第二天，刘太公拿些金银来到忠义堂拜谢宋江。

李逵燕青追查"假宋江"示意图

经典名句 看看鹅黄着柳，渐渐鸭绿生波。

经典原文

宋江喝道："你且听我说：我和三二千军马回来，两匹马落路①时，须瞒（mán）不得众人。若还得一个妇人，必然只在寨里，你却去我房里搜看！"李逵道："哥哥，你说甚么鸟闲话！山寨里都是你手下的人，护你的多，那里不藏过了。我当初敬你是个不贪色欲的好汉，你原正是酒色之徒，杀了阎（yán）婆惜便是小样，去东京养李师师便是大样。你不要赖，早早把女儿送还老刘，倒有个商量。你若不把女儿还他时，我早做早杀了你，晚做晚杀了你。"

宋江道："你且不要闹攘（rǎng），那刘太公不死，庄客都在，俺们同去面对。若还对番了，就那里舒着脖子受你板斧；如若对不番，你这厮（sī）没上下，当得何罪？"李逵道："我若还拿你不着，便输这颗头与你。"宋江道："最好，你众兄弟都是证见②。"

注释：①落路：另外取道，离开大路而行。②证见：见证。

课外试题

李逵要斧劈宋江，原因是什么？

答案：李逵误以为宋江抢了刘太公的女儿。

第七十四回

燕小乙泰安摔任原

点题

强中自有强中手，本事在身也要虚怀若谷，不然吃亏的是自己。

时光如梭（suō），又是一年三月。宋江等人正在闲坐，听说泰安东岳庙会上，有个太原人叫任原，身长一丈，自号"擎（qíng）天柱"，狂言"相扑世间无对手，争交天下我为魁"。他已经两年没对手了，今年还要继续挑战天下人。

燕青听了跟宋江说，他想去会一会任原。原来燕青从小跟卢俊义学相扑功夫，身手也是相当了得。宋江有些担心，卢俊义说："我相信燕小乙，让他去吧。到时我去接应他。"

第二天，燕青扮成货郎，往泰安出发。当天晚上正要住店，李逵突然冒了出来。燕青问他来干什么？李逵说："你一人去泰安，我不放心，偷跑出来，我陪你去。"燕青说："我不用你陪，你快回去。"李逵说："我好意帮你，你倒不领情。我偏要去！"燕青拗（niù）不过李逵，只好带上他。

泰安东岳举行庙会那天，人山人海，络绎（yì）不绝。相扑擂（lèi）台上，任原正在炫耀："我到泰安两年，没遇到一个对手，还白得了许多财物。今年是第三年，可惜这么大一个山东，没人敢和我分这些财物！"话音未落，只见燕青纵身上台，嘴里喊着："有，有！"他边喊边摆开架势，要与任原比试。

泰安太守带着七八十个公差坐镇现场，问了燕青来历。燕青用山东方言说他是莱州人，叫张大。

比赛开始。任原先摆个招式，燕青不动。任原见燕青不动，直逼过去。燕青虚晃身体，却从任原左胁（xié）下钻过去。任原急转身又来扑燕青，燕青又一晃，从任原右胁下钻过去。任原是个彪（biāo）形大汉，身体笨拙，三转两转之后，步法就乱了。

燕青趁机钻到任原怀里，右手扭住他的胳膊，左手插入他的裆部，肩膀顶住他的胸脯，把他扛了起来，借力转了四五转，转到擂台边，叫声"下去"，任原就头下脚上直掼下来。燕青这一招名叫"鹁（bó）鸽（gē）旋"。众人看了，齐声喝彩。

任原的二三十个徒弟冲上擂台去抢财物。台下的李逵见了，大吼一声，拔两根杉木，也打上擂台。有人认出李逵，喊出他的名字。公差们围了上来，齐声大呼："莫让李逵跑了！"

看客们吓得四散逃走。那任原趴在地上一动不动，李逵抬起一块石板，把他的头打得粉碎。

越来越多的公差围上来，燕青、李逵拼命杀出去。这时，只见一支队伍杀了过来，当头一人正是卢俊义，后面跟着史进、穆弘、鲁智深、武松、解珍、解宝，带领一千余人，前来接应。

燕青、李逵跟着大队就走。等大批官兵来时，卢俊义他们已经走远了。官兵知道梁山泊人多难敌，也不敢追赶。

李逵跑回客店，拿了双斧，又赶去厮杀。卢俊义发现李逵不见了，让穆弘去找他，余下的人回山寨。

李逵出了泰安，来到寿张县。这时恰逢午衙结束，李逵来到县衙门口，边进门边大喊道："梁山泊黑旋风爹爹在此"，县中众人听到后都吓得不敢吱声，李逵径直坐上了知县的椅子，随后又换上了知县的官服，大闹完县衙后，遇到了前来寻他的穆弘，李逵只得离了寿张县，跟着穆弘回到梁山泊。

经典名句 拳打南山猛虎，脚踢北海苍龙。
功成身退避嫌疑，心明机巧无差错。

经典原文 当时，燕青做一块儿蹲在右边，任原先在左边立个门户，燕青则不动掸（tan）。初时，献台①上各占一半，中间心里合交。任原见燕青不动掸，看看逼过右边来。燕青只瞅（chǒu）他下三面。任原暗忖（cǔn）②道："这人必来算我下三面。你看我不消③动手，只一脚踢这厮下献台去。"任原看看逼将入来，虚将左脚卖个破绽（zhàn），燕青叫一声："不要来！"任原却待奔他，被燕青去任原左胁下穿将过去。任原性起，急转身又来拿燕青，被燕青虚跃一跃，又在右胁（xié）下钻过去。大汉转身终是不便，三换换得脚步乱了。

注释：①献台：擂台。②忖：考虑，推测。③消：须要。

课外试题

燕青和任原比武，谁胜谁负？

答案：燕青在和任原的比武当中取得胜利，燕青在比武中凭借了他的看家本领技巧，最终取得胜利。

第七十五回

黑旋风撕诏骂钦差

人物	郭盛（地佑星）
绰号	赛仁贵（梁山排名第55位）
性格	有勇无谋、义气为重
兵器	方天画戟

点题

陈太尉奉旨来招安，李逵和阮氏三兄弟暗中做手脚，让招安泡了汤。

泰安知府上奏朝廷，说宋江骚扰地方。天子听取御史大夫崔靖的建议，派殿前太尉陈宗善为特使，带上诏书和十瓶御酒，到梁山招安。

陈太尉准备动身时，太师蔡京召见他，叫他到梁山后不要过于谦卑，要维护朝廷尊严，并让手下张干办与他同行。随后殿帅高俅召见陈宗善，明确要求他，到梁山后态度要强硬，梁山稍有不从，就可派兵征剿（jiǎo），并派心腹李虞（yú）候跟随。

次日，陈太尉领了诏书，带上十瓶御酒，插上黄旗，与随从五六人，外加张干办、李虞候，一同骑马往梁山而来。到了济州，济州太守张叔夜设宴款待陈太尉一行人，然后派人通知梁山泊。

宋江听说朝廷来招安，欢喜得不得了，让萧让、裴宣、吕方、郭盛远到二十里外的地方迎接陈

郭盛，绰号赛仁贵，意思就是武功超过薛仁贵，早年从事水银买卖，但不幸在黄河翻船，后入伙梁山。

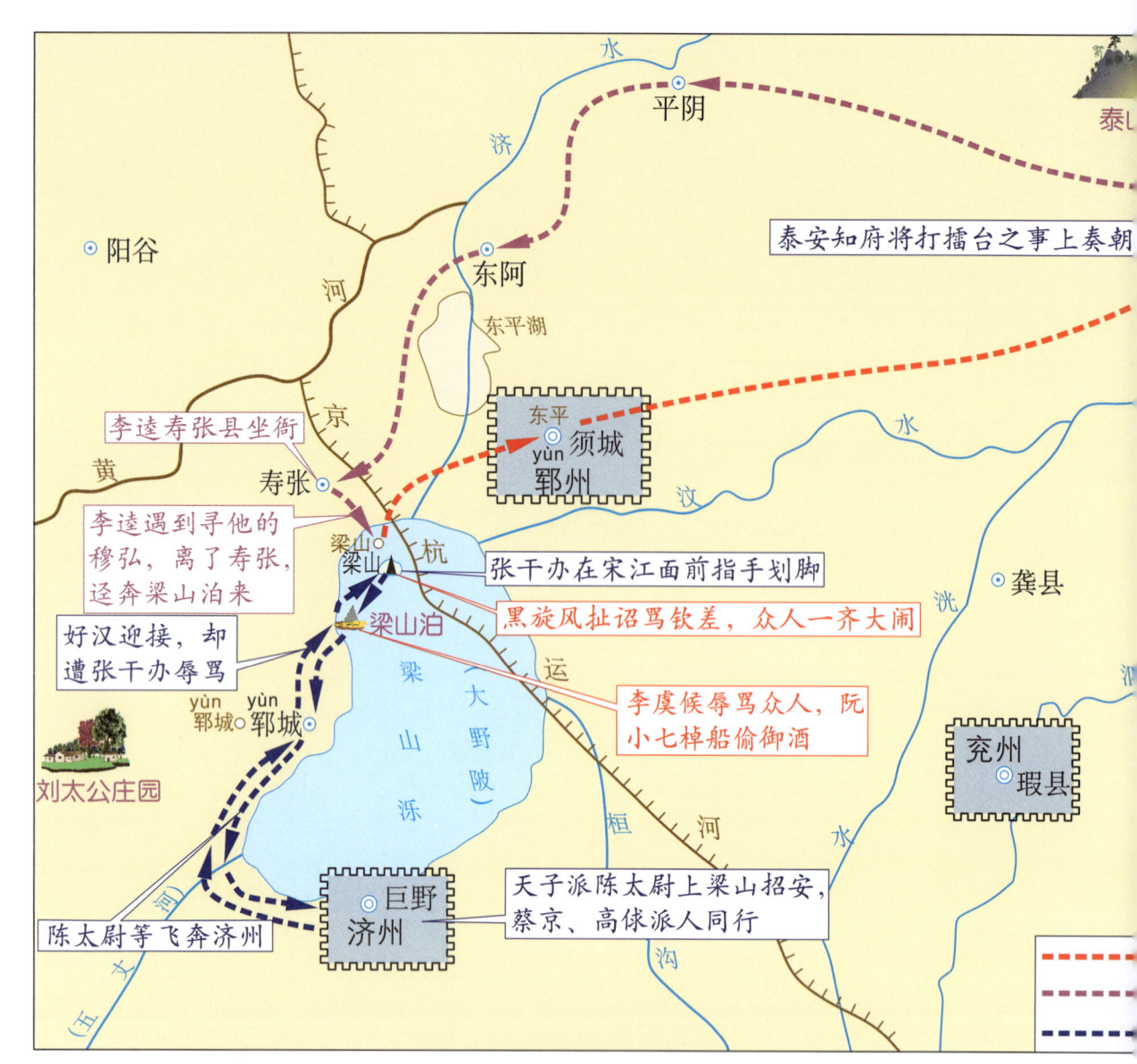

地图标注：
- 泰安知府将打擂台之事上奏朝廷
- 李逵寿张县坐衙
- 李逵遇到寻他的穆弘，离了寿张，迳奔梁山泊来
- 好汉迎接，却遭张干办辱骂
- 张干办在宋江面前指手划脚
- 黑旋风扯诏骂钦差，众人一齐大闹
- 李虞候辱骂众人，阮小七棹船偷御酒
- 天子派陈太尉上梁山招安，蔡京、高俅派人同行
- 陈太尉等飞奔济州

地名：平阴、阳谷、东阿、东平湖、东平 须城 郓州、寿张、梁山、梁山泊（大野泊）、郓城、刘太公庄园、巨野 济州、龚县、兖州 瑕县

陈太尉上梁山泊招安示意图

太尉一行人，却遭到张干办一顿辱骂。吕方、郭盛憋了一肚子气。

陈太尉等跟随吕方等来到水泊边，宋江派阮小七摆出三只战船前来迎接：一只载马，一只装裴宣等一干人的人，一只请太尉下船，并随从一应人等。阮小七命令水手划载陈太尉等人的船，并把御酒放在船头。

水手们边摇船边唱歌，却招来李虞候的辱骂和鞭打。水手们都跳到水里。没人划船，船便不走了。阮小七暗暗拔了船上的楔（xiē）子，喊声："船漏水了！"船舱内很快就涌起一尺多高的水。恰好上游两艘快船来迎

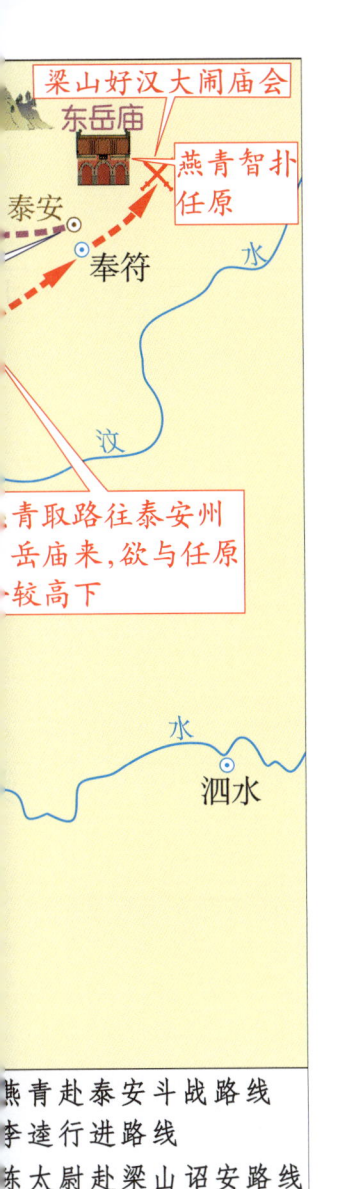

接，那两只快船迅速靠拢，众人手忙脚乱地把陈太尉等人急救到快船。

陈太尉等人只顾逃命，哪里还顾御酒。两只快船划走后，阮小七叫水手们把那十瓶御酒打开，分着喝了，然后装上普通白酒，原样封好，放在船头，飞快地摇船，赶上快船，一齐上岸。

宋江等把陈太尉一行人迎进忠义堂。香花灯烛，鸣金擂鼓，好不热闹。张干办和李虞候又在宋江面前指手画脚，呼来喝去的。

宋江点名，发现一百零七人唯独不见李逵。陈太尉取出诏书，让萧让宣读。萧让才读完，只见李逵从梁上跳下来，夺过诏书撕得粉碎，揪住陈太尉便要打，宋江、卢俊义赶紧拦住。

李虞候不知时务，骂道："这家伙是谁？如此大胆！"李逵听了揪住李虞候就打，边打边骂道："你的皇帝姓宋，我哥哥也姓宋，他做得皇帝，我哥哥就做不得？把黑爷爷惹恼了，把你们这些狗官都杀了！"众人都来劝解，把李逵推下堂去。

宋江连忙打圆场，让大家品尝御酒。结果打开一喝，竟是乡下酿造的普通白酒。鲁智深高声叫骂："奶奶的，这么欺负人，把水酒当御酒来哄俺们！"刘唐、武松、穆弘、史进都抽出武器，一齐发作。

宋江见势不妙，赶紧用身体挡住众人，和卢俊义亲自护送陈太尉等人下山。陈太尉一行吓得屁滚尿流，飞奔向济州逃去。

经典名句

行己有耻，使于四方，不辱君命，可谓使矣。

孝当竭力，忠则尽命。

爽口物多终作疾，快心事过必为殃（yāng）。

经典原文

李逵道："你那皇帝正不知我这里众好汉，来招安老爷们，倒要做大！你的皇帝姓宋，我的哥哥也姓宋，你做得皇帝，偏我哥哥做不得皇帝！你莫要来恼（nǎo）犯着黑爹爹，好歹把你那写诏的官员尽都杀了！"众人都来解劝，把黑旋风推下堂去。宋江道："太尉且宽心，休想有半星儿①差（chā）池②。且取御酒教众人沾（zhān）恩。"随即取过一副嵌（qiàn）宝金花锺（zhōng）③，令裴宣取一瓶御酒，倾在银酒海内看时，却是村醪（láo）白酒；再将九瓶都打开倾在酒海内，却是一般的淡薄村醪（láo）。众人见了，尽都骇（hài）然，一个个都走下堂去了。鲁智深提着铁禅杖，高声叫骂："入娘撮（cuō）鸟，忒（tè）杀是欺负人！把水酒做御（yù）酒来哄（hǒng）俺们吃！"赤发鬼刘唐也挺着朴（pō）刀杀上来，行者武松掣（chè）出双戒刀，没遮拦穆弘、九纹龙史进一齐发作。

注释：①半星儿：半点。②差池：差错。③锺：同"盅"酒杯。

课外试题

鲁智深等好汉们为什么当场闹起来？

答案：他们为朝廷出生入死，拼杀疆场，但朝廷却把水酒当御酒送来欺骗他们，是对他们的最大的侮辱。

第七十六回

童枢(shū)密挥师扫梁山

人物	绰号	性格	兵器
樊瑞（地默星）	混世魔王（梁山排名第61位）	忠义双全	流星锤

点题

招安失败，正中奸臣们下怀，童贯马上带兵征剿。

陈太尉、张干办、李虞候一行人星夜回京，见了蔡太师、童枢密、高、杨二太尉，说了梁山贼寇（kòu）扯诏骂人之事。蔡京将此事上奏天子，天子大怒，把主张招安的崔靖送大理寺治罪，然后命枢密使童贯为大元帅，前去征剿梁山贼寇。

不久，童贯带领精兵十万，在梁山附近安营扎寨。梁山早有准备，只等官军来投罗网。

第二天一早，童贯继续率领三军，往梁山脚下进发，半路遇到张清领着一队人马到来。张清身边左有龚旺，右有丁得孙。官军的先锋见了张清等，因没有命令，不敢乱动，就派人报告主帅。

童贯亲到军前，准备让人围捕，左右提

樊瑞，原为芒砀山寨主，后遭到宋江等人的围剿，入伙梁山，担任步军将校。

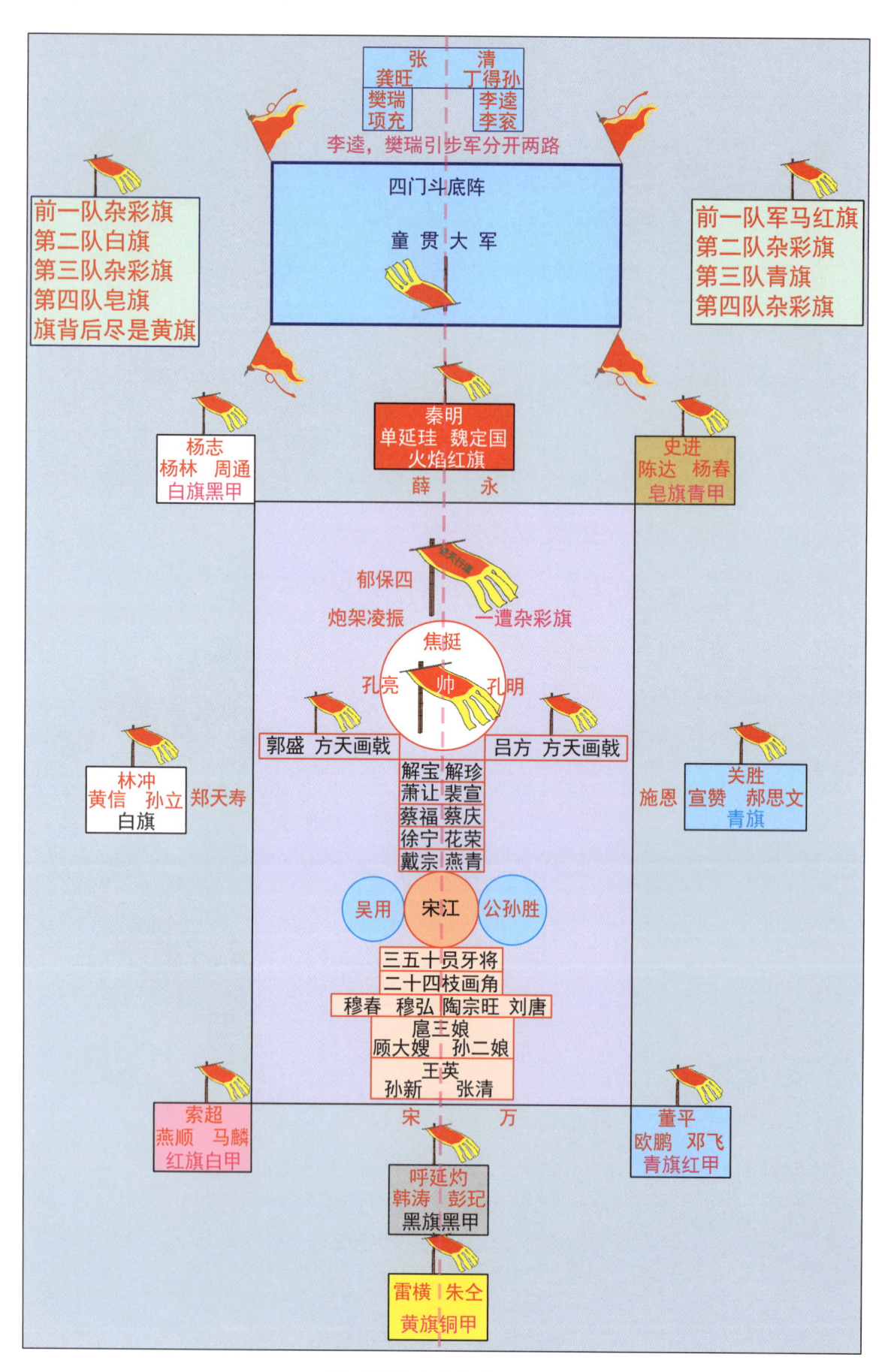

宋江摆的九宫八卦阵示意图

醒说，此人投石子厉害，从无虚发，童贯就按兵不动。张清一连三次在官兵阵前探扰，童贯也不追赶。

童贯继续前进，走不到五里，李逵、樊瑞、项充、李衮领五百步军在山坡下一字儿排开。童贯指挥大军冲过去，李逵等领兵转过山嘴。

童贯率兵前去征剿梁山寇贼，就地列阵迎敌，只见梁山人马攒动，彩旗穿梭，旗帜招展，杂而不乱，立成九宫八卦阵势。

等童贯大军追过山嘴，李逵等人不见了，只见一马平川，童贯就地列阵。

阵才列完，只听一声炮响，后山涌出无数军马。只见梁山军马人头攒（cuán）动，彩旗穿梭，旗帜招展，杂而不乱，也布下一个九宫八卦阵。

童贯看了这个阵势，心里已经胆寒，只得硬着头皮，问手下诸将，哪个敢去冲杀？先锋陈翥（zhù）请战，宋江阵中先锋秦明飞马出阵，直取陈翥。二将来来往往，战了二十余回合秦明手起棍落，把陈翥打死在马下。

双枪将董平见秦明立了头功，大叫一声，把马一拍，两手持枪向童贯直扑过来。童贯回马往阵里就走，急先锋索超叫道："现在不捉童贯，更待何时！"他也手轮大斧，杀过阵来。秦明拨马，一齐来捉童贯。

三路人马，杀得童贯军队人仰马翻，损失了一万多人马，后退三十里扎营。梁山泊的人马得胜回寨，各自邀功请赏。

童贯首战就输，心中忧闷，和诸将商议。酆（fēng）美、毕胜二将安慰说:"我们初到,不知虚实,因此中计。我军休息三天,养成锐气,布一字长蛇阵,用步军冲杀。这个阵就像长蛇一样,首尾呼应,联络不断,只此一阵,必立大功。"童贯听了他的建议。

经典名句

数只皂雕追紫燕,一群猛虎啖(dàn)羊羔。
碧云旗动远山明,正按东方甲乙木。

经典原文

两马相交,兵器并举,一个使棍的当头便打,一个使刀的劈面砍来,四条臂膊交加,八只马蹄撩(liáo)乱。二将来来往往,翻翻复复①,斗了二十馀(yú)合。秦明卖个破绽,放陈翥(zhù)赶将入来,一刀却砍个空。秦明趁势手起棍落,把陈翥连盔带顶,正中天灵。陈翥翻身死于马下。秦明的两员副将单(shàn)廷圭(guī)、魏定国,飞马直冲出阵来,先抢了那匹好马,接应秦明去了。

东南方门旗里,虎将双枪将董平见秦明得了头功,在马上寻思:"大军已踏动②锐气,不就这里抢将过去,捉了童贯,更待何时!"大叫一声,如阵前起个霹(pī)雳(lì),两手持两条枪,把马一拍,直撞过阵来。

注释:①翻翻复复:同"反反复复"。②踏动:这里相当于"启动"。

课外试题

童贯出师梁山,胜负如何?

童贯出师失败了。秦明的先锋在梁山的路上,先后杀死了陈翥、董平等人的先锋。

第七十七回

宋公明用计赢童贯

人物	鲍旭（地暴星）
绰号	丧门神（梁山排名第60位）
性格	敢作敢为、待人和善
兵器	大阔板刀

点题

童贯领兵耀武扬威而来，丢盔弃甲而去，被梁山打得落花流水。

三天后，童贯重整旗鼓，杀奔梁山。可队伍一直开到水泊边，还不见敌人踪迹。

童贯和部下酆（fēng）美、毕胜勒马岸边，遥望对岸有只小船，船上一人，头戴青箬（ruò）笠，身披绿蓑（suō）衣，正独坐钓鱼。

童贯让人喊那渔人，那渔人不答应。童贯叫人放箭射他，可箭射中箬笠和蓑衣后，都纷纷落入水中。童贯再叫三百能射硬弓的军士，一齐朝那渔人放箭，只见射中蓑衣箬笠的箭，仍然不能伤渔人分毫。

童贯见射不死渔人，就让会水的军士游过去捉人。那渔人听到船下水响，拿起身边棹（zhào）竿，把那些扒船舷（xián）的士兵都打

鲍旭，原为枯树山寨主，后在李逵的引荐下入伙梁山，担任步军将校。

069

下水去。

童贯火冒三丈，又命令五百军士下水，一定要捉住那人。五百军人脱了衣甲，一齐跳水游过去。那渔人解开蓑衣箬笠，翻身钻入水底。

五百军士游到船边，被那渔人在水底一刀一个，戳（chuō）死在水中。那渔人正是浪里白条张顺，他穿戴的箬笠和蓑衣，里面都是熟铜，所以箭射不透。

童贯在岸上看傻了，只听得芦苇中轰天雷炮响，山背后鼓声震地，喊杀喧天，朱仝和雷横领五千人马，杀向官军。童贯令酆美、毕胜迎敌，四人混战二十余回合，不分胜败。

朱仝、雷横卖个破绽，回马就走，酆美、毕胜直追过去。只听到山顶上鼓角齐鸣，众人抬头看时，山顶上"替天行道"杏黄旗迎风招展，旗下正是宋江、吴用、公孙胜等人。

童贯兵分两路，上山捉拿宋江。忽然山后冲出一队人马，原来是秦明和关胜。酆美来战关胜，毕胜去敌秦明。朱仝、雷横又引军杀来，两面夹攻。

酆美、毕胜只好保护童贯逃走，半路又被呼延灼和林冲截住冲杀。混战中，鲁智深和武松加入战团，汝（rù）州都监马万里被林冲一矛戳于马下。

童贯和酆美、毕胜杀条血路，往山后逃去，又被解珍、解宝拦住大杀。突围出来，遇上唐州都监韩天麟（lín）、邓州都监王义，四人合力往前冲杀，又被董平、索超拦住。王义被索超砍于马下，韩天麟被董平一枪搠（shuò）死。酆美、毕胜死保童贯逃命。四下都是兵马厮杀的声音，但不知道兵

宋公明用计赢童贯示意图

梁山好汉行军路线
童贯杀奔梁山行军路线

- 梁山
- 梁山泊
- 梁山泺（大野山野陂）
- 济州 巨野
- 琳琅山
- 济州 巨野

1. 雷横和朱仝迎战鄷美和毕胜
2. 秦明和关胜出战 — 鄷美迎战关胜，毕胜迎战秦明 — 鄷美和毕胜护着童贯逃走
3. 林冲和呼延灼出战 — 马万里被林冲戳在马下
4. 鲁智深和武松出战 — 鄷美和毕胜往山后逃去
5. 解珍和解宝拦路 — 鄷美等四人合力往前冲杀
6. 董平和索超出战 — 王义被索超砍于马下，韩天麟被董平刺死 — 童贯骑马在坡上观看四周情况
7. 杨志和史进出战 — 吴秉彝和李明皆死于坡下
8. 卢俊义、杨雄、石秀出战 — 鄷美被活捉去了 — 毕胜、周信、段鹏舍命保童贯，逃亡济州
9. 李逵、鲍旭、项充、李衮出战 — 李逵砍死段鹏 — 残败的朝廷官员逃亡济州
10. 张清、龚旺、丁得孙出战 — 周信死于马下 — 童贯和毕胜逃跑，连夜投东京

张顺大败五百军汉

马从何而来。童贯骑马上坡看时，只见梁山泊军马齐齐杀来，童贯军马四处逃窜（cuàn）。这时山坡下出现一队人马，童贯认出这正是吴秉（bǐng）彝（yí）、李明带领的军队，这两个人带着残兵败将来树林中躲避，两人看见童贯，正要上坡时，山的侧面又杀出杨志、史进，正好截住吴秉彝、李明厮杀起来，史进手起刀落将吴秉彝斩杀坡下，而杨志随手一刀，正中李明。

童贯率军中埋伏，童贯和毕胜杀出重围，又不敢回济州，只得连夜逃往东京。

酆美当先，众军官簇拥童贯在中间，一齐杀下山坡，被卢俊义、杨雄、石秀拦住去路。酆美拍马舞刀直奔卢俊义。没有几回合，酆美被卢俊义活捉。

毕胜、周信、段鹏举舍命保童贯，边战边退，天快亮的时候，才摆脱追军，但在逃亡济州的路上又被李逵、鲍旭、项充、李衮拦住。李逵砍死段鹏，剩下残败的军队只得向济州逃去，一天，逃到溪边的时候，树林边又杀出张清、龚旺和丁得孙，周信见张清人马少，便来迎战，结果被张清斩于马下。童贯和毕胜逃得性命，又不敢回济州，只得连夜逃往东京。

卢俊义把酆美押回山寨，宋江亲自为他松绑，扶他上坐，赔着小心，敬酒压惊。酆美拜谢不杀之恩，宋江让人送他下山回京。

经典名句

霜摧边地草，雨打上林花。
冲阵马亡青嶂（zhàng）下，戏波船陷绿蒲（pú）中。

经典原文

宋江、吴用、公孙胜先到水浒寨中忠义堂上坐下，令裴宣验看各人功赏。卢俊义活捉酆（fēng）美，解（jiè）上寨来，跪在堂前。宋江自解其缚（fù），请入堂内上坐，亲处捧杯陪话，奉酒压惊。众头领都到堂上。是日①杀牛宰（zǎi）马，重赏三军。留酆美住了两日，备办鞍（ān）马，送下山去。酆美大喜。宋江陪话道："将军，阵前阵后冒渎（dú）②威严，切乞恕罪！宋江等本无异心，只要归顺朝廷，与国家出力，被至不公不法之人，逼得如此。望将军回朝，善言解救，倘得他日重见恩光，生死不忘大德。"酆美拜谢不杀之恩，登程下山。

注释：①是日：当天。②冒渎：轻慢，对人不敬。

课外试题

童贯征讨梁山的结局是什么？

答案：童贯奉徽宗的旨意下令去征剿梁山，损失了几万人马，败在第二次征十万中，童贯几乎丢盔弃甲逃走，只有他和少数将领逃了出来。

第七十八回
高太尉挂帅讨宋江

人物	张横（天平星）
绰号	船火儿（梁山排名第28位）
性格	义气鲁莽、勇敢果断
兵器	火焰鱼王刀

点题

童贯兵败回京，高俅接着登场，再领兵来征讨梁山。

童贯兵败回东京，吴用断定朝廷会再派人马，就让戴宗和刘唐同去东京打探消息。果然不出吴用所料，戴宗、刘唐带回消息，皇帝又派高俅为帅，打造战船，调集十路节度使军马，共计十三万人，再讨梁山。

吴用跟宋江说，等十路军马到济州时，先派两员大将在半路杀他个下马威，叫高俅知道厉害。

十路军马陆续到达济州。京北弘农节度使王文德，领军在离济州四十多里一个叫凤尾坡的地方，被梁山董平拦住。董、王二将战了三十回合，不分胜败。王文德要求休战，双方各回本阵。王文德吩咐手下，等再战时直冲过去。

双方再战，王文德在前，三军在后，冲了过去。董平没拦住，随后追赶。

张横，原为浔阳江艄公，与弟弟张顺称霸当地，后入伙梁山，任职水军头领。

王文德正走之间，又被张清率军拦住去路。张清一石子打中王文德头盔，王文德趴在马鞍上逃跑，被江夏零陵节度使杨温赶到救下，董平、张清不追。

高俅的十路大军陆续到了济州，济州太守张叔连夜接待。高俅把州衙做帅府，十路军马驻扎城外，高俅召集十节度使议事。河南河北节度使王焕（huàn）建议："先派马步军引贼出战，然后刘梦龙的水军去劫贼窝，使贼寇两边不能相顾，敌军可破！"

高俅就依计行事，让王焕和上党太原节度使徐京为先锋，王文德和颍（yǐng）州汝南节度使梅展为后卫，中山安平节度使张开和杨温为左军，云中雁门节度使韩存保、陇（lǒng）西汉阳节度使李从吉为右军，琅玡（láng yá）彭城节度使项元镇、清河天水节度使荆忠为前后救应使，统制官党世雄领三千精兵，协助刘梦龙水军。

安排妥当，高俅三军齐奔梁山，宋江也领大军下山对阵。

王焕首先出阵，林冲迎战。两人斗了七八十回合，不分胜败，各自回阵。

官军中荆忠出马，呼延灼来迎。战有二十回合，呼延灼一钢鞭把荆忠打得脑浆迸流。

高俅又让项元镇出阵，董平来战项元镇。战不到十回合，项元镇拖枪就走，董平飞马去追，被项元镇回身一箭，射中右臂。呼延灼、林冲两骑齐出，救下董平回阵。

刘梦龙和党世雄领着水军，驾船往梁山水泊而来。正行之间，山上一声炮响，四面八方小船齐出，把官船分割包围，前后不能相救。刘梦龙和党世雄急令回船，船被梁山堵住河道，搁（gē）浅了。

官兵纷纷跳水逃命，刘梦龙从水中爬上岸，寻小路跑了，党世雄不

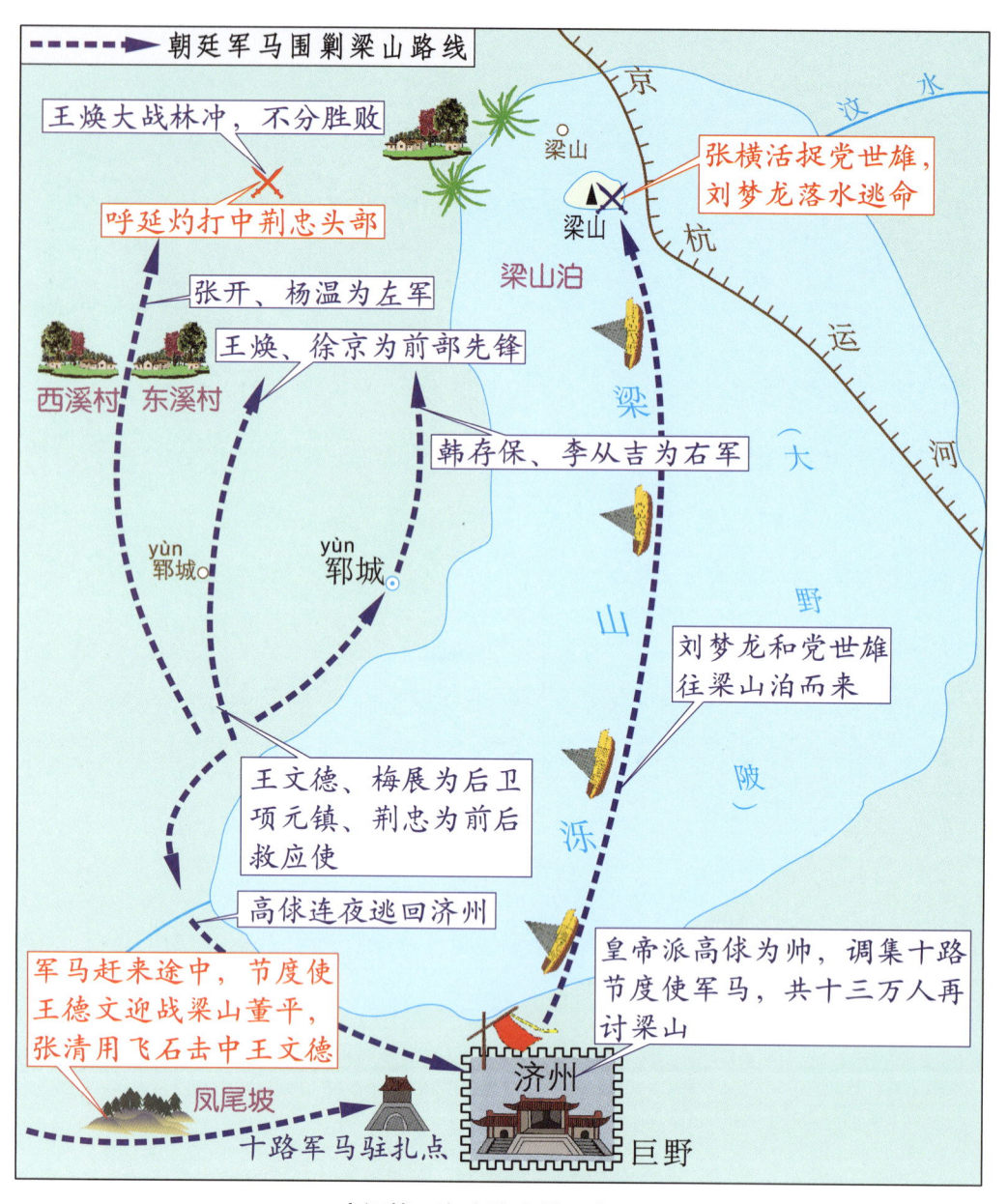

宋江第一次击败高俅示意图

地图标注：
- 朝廷军马围剿梁山路线
- 王焕大战林冲，不分胜败
- 呼延灼打中荆忠头部
- 张开、杨温为左军
- 王焕、徐京为前部先锋
- 西溪村　东溪村
- 韩存保、李从吉为右军
- 张横活捉党世雄，刘梦龙落水逃命
- 梁山　梁山泊
- 刘梦龙和党世雄往梁山泊而来
- 郓（yùn）城　郓（yùn）城
- 王文德、梅展为后卫　项元镇、荆忠为前后救应使
- 高俅连夜逃回济州
- 军马赶来途中，节度使王德文迎战梁山董平，张清用飞石击中王文德
- 皇帝派高俅为帅，调集十路节度使军马，共十三万人再讨梁山
- 凤尾坡
- 十路军马驻扎点
- 济州　巨野
- 京杭运河　汶水　梁山泊　大野泽（陂）

　　肯弃船，被阮氏三雄引下水，由张横把他活捉了。

　　高俅见水军损失惨重，忙传令收兵。只听得四下火炮齐响，四周全是梁山军马在喊。吓得高俅抱头鼠窜，连夜收兵逃回济州，清点兵马，发现水军折了大半，战船没有一只回来，军士会水的得以逃命，不会水的都淹死水中。

经典名句

不事怀柔服强暴,只驱良善敌刀枪。

千年事迹载皇朝,万古清名标史记。

纵横千万里,谈笑却还乡。

经典原文

党世雄自持铁槊(shuò),立在船头上,与阮小二交锋。阮小二也跳下水里去。阮小五、阮小七两个逼近身来。党世雄见不是头,撇(piē)了铁槊,也跳下水去了。只见水底下钻出船火儿张横来,一手揪住头发,一手提定腰胯(kuà),的溜溜丢上芦苇根头。先有十数个小喽啰躲在那里,挠(náo)钩套索搭住,活捉上水浒寨来。

却说高太尉见水面上船只,都纷纷滚滚乱投山边去了,船上缚(fù)着的尽是刘梦龙水军的旗号,情知水路里又折①了一阵,忙传钧(jūn)令,且教收兵回济州去,别作道理。五军比及②要退,又值天晚,只听得四下里火炮不住价响,宋江军马不知几路杀将来。

注释:①折:折损。②比及:等到。

课外试题

高俅征讨梁山,兵力多少?

答案

十三万人。高俅先派四员大将,每员又派偏将为副,共派八路都监十名统领捕盗官兵,共计十三万人,其计算是。

第七十九回

宋公明再败高太尉

点题

高俅虽然兵强马壮，但抵不过智勇双全的梁山好汉，再次失败。

其实这四下的火炮和人声，只不过是宋江吓唬（hǔ）高俅而已，并不是真心捉他。

高俅狼狈（bèi）收军回济州，和诸将商量再攻梁山。上党节度使徐京向高俅推荐一个叫闻焕章的人来当参谋，高俅就派人回京去请。

过了几天，宋江军马在城外挑战，高俅引兵出城迎敌。

先对阵的是呼延灼和官军阵里的韩存保。两人斗了五十余回合，呼延灼诈败，拍马往山坡下走，韩存保率马追来，两人又斗了数十回合，呼延灼回马就走，韩存保又纵马追去，绕过山嘴，出现两条路来，韩存保勒马上坡观望，只见呼延灼绕着一条溪走，韩存保大骂，呼延灼不走，两人又对战起来，正打到难舍难分之际，岸上一彪军马赶到，为头的是没羽箭张清，众人一起活捉了韩存保。将其绑在马上，往峪口奔去，前面突然走出一队人马，原来是前来寻找韩存保的梅展、张开。梅展大怒，挥刀直取张清，张清用石子打中梅展额（é）角，却被张开一箭射中马匹。张开救下梅展和韩存保，正准备回去，碰上秦明和关胜两个猛将杀来，张开顾不得众人，只得带上梅展跑了，两路人马杀来又夺了韩存保。随后乘胜追击，官军只得退回济州。

高俅命人搜集一千五百多只战船，杀奔梁山泊。谁知着火的小船冲入官兵船队，霎那间，前后官船都烧着了。

秦明等回寨，宋江赶紧为韩存保松绑，并请出党世雄一同款待，并反复说大家并无反心，只求朝廷招安，为国出力，然后放了两人。

韩存保、党世雄回去，向高俅转达了宋江的意思。高俅要斩二人，王焕等人说情，高俅派人把二人押回东京待罪。韩存保回京后，去找伯伯韩忠彦（yàn）。韩忠彦是国老太师，连蔡京都给他面子。

韩忠彦把宋江的心愿传到皇帝耳中。天子让闻焕章为参谋，和特使前去招安，如果宋江归顺，罪责全免；如果不降，就地剿（jiǎo）捕。

高俅让牛邦喜重新搜集了一千五百多只战船，然后水旱两路杀奔梁山泊。

水军杀到水泊深处，不见一只船。渐渐接近金沙滩，刘梦龙令几个勇猛的先锋先行上岸，又派前队的六七百人争相上岸。柳阴树中突然一声炮响，左边秦明、右边呼延灼，各带五百军马，截断官军退路，公孙胜披发仗剑，作法祭风。芦苇丛中，刘唐指挥点燃装满火药的小船，冲入官兵船队，霎时间，烈焰飞天，前后官船都烧着了。

党世雄被乱箭射死水中，李俊捉得刘梦龙，张横捉得牛邦喜，准备押回山寨，又怕被宋江再次放了，就把刘、牛二人杀了，割下首级，送上山来。

079

高俅带领人马本在水边接应，只听见连珠炮响，想着他们一定在水上厮打起来，于是纵马前来，临水观看，只见很多军士从水中爬出逃命，高俅认得这是自家军队，于是内心慌乱，想要带领军马原路返回。这时山前冲出一匹军马拦截，索超轮斧前来，高俅身边的王焕挺枪而出，斗不到五个回合，索超勒马便跑，高俅引兵追赶，转过山嘴，不见索超，背后林冲引兵追来，又杀一阵，再走了不过六七里，杨志引兵杀来，又杀一阵，又跑了不到八九里，朱仝赶上来又杀一阵，此时的官军早已军心大乱，高太尉被追得惊惶失措，飞奔济州。入城时间，已到三更。

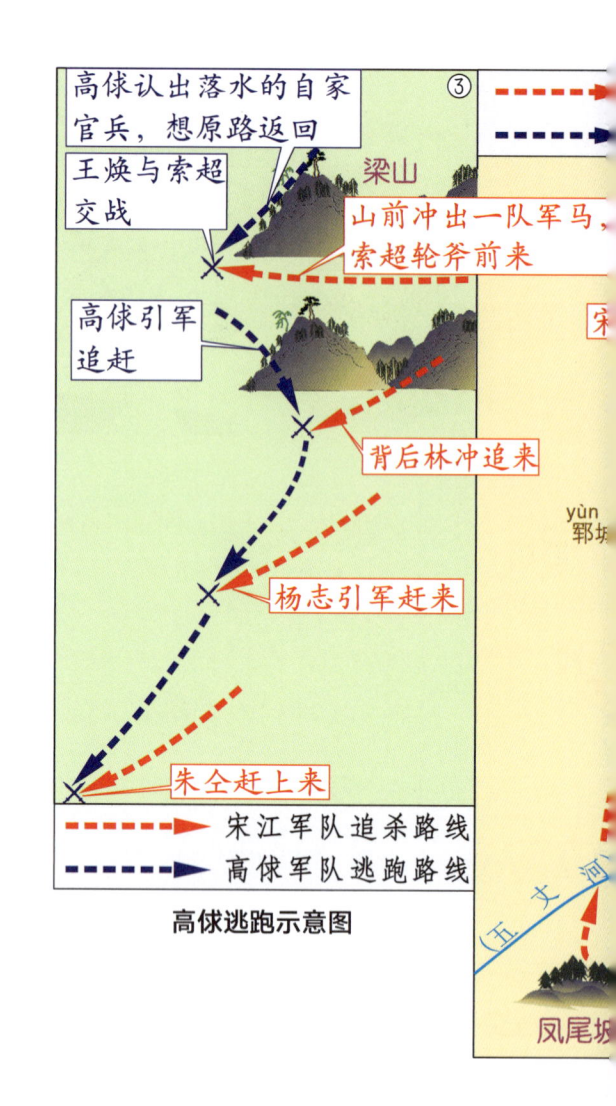

高俅逃跑示意图

第二天朝廷使者和闻焕章来了，使者对高俅说了招安一事，高俅很不甘心。

济州一个老吏王瑾（jǐn），善于察言观色、揣摩主子心理。他给高俅出主意："在宣读诏书时，故意将'除宋江、卢俊义等大小人众，所犯过恶，并与赦免'破句，把'除宋江'读成一句，后面'卢俊义大小人众，所犯过恶，并与赦免'另做一句；然后当场把宋江杀了，其他手下尽数

宋江第二次击败高俅示意图

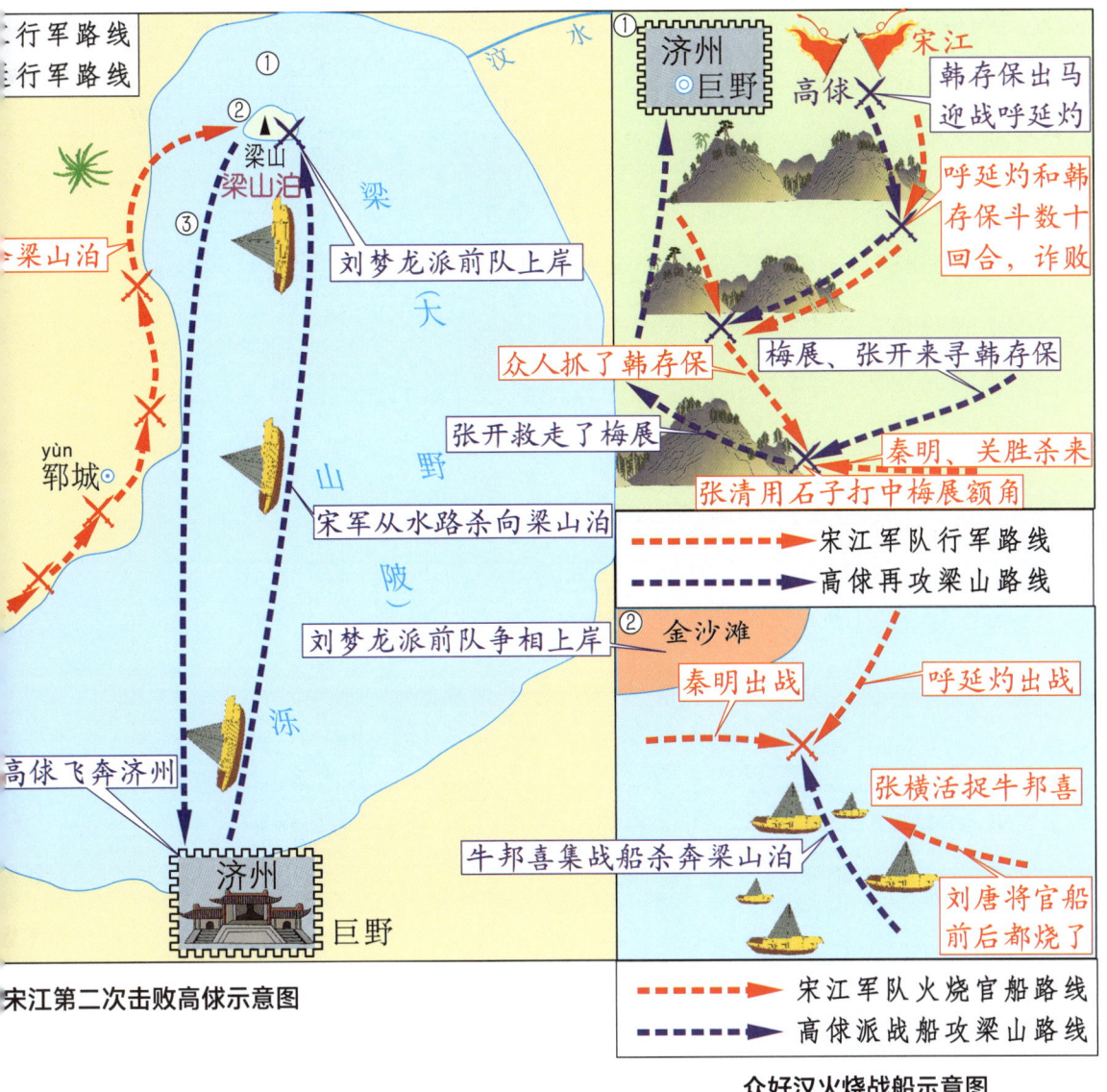

地图标注：
- 行军路线
- 梁山泊
- 郓城（yùn）
- 济州、巨野
- 刘梦龙派前队上岸
- 宋军从水路杀向梁山泊
- 刘梦龙派前队争相上岸
- 高俅飞奔济州

众好汉火烧战船示意图

地图标注：
- ① 济州、巨野、高俅、宋江
- 韩存保出马迎战呼延灼
- 呼延灼和韩存保斗数十回合，诈败
- 众人抓了韩存保
- 梅展、张开来寻韩存保
- 张开救走了梅展
- 秦明、关胜杀来
- 张清用石子打中梅展额角
- ——▶ 宋江军队行军路线
- ——▶ 高俅再攻梁山路线
- ② 金沙滩
- 秦明出战
- 呼延灼出战
- 张横活捉牛邦喜
- 牛邦喜集战船杀奔梁山泊
- 刘唐将官船前后都烧了
- ——▶ 宋江军队火烧官船路线
- ——▶ 高俅派战船攻梁山路线

拆散，分调开去。"

高俅就按王瑾说的，派人通知梁山，所有人前来济州城下等候招安。

宋江集合所有头领前往济州城下听诏书。

经典名句

蛇无头而不行，鸟无翅而不飞。
软弱安身之本，刚强惹祸之胎。

081

经典原文

不想济州有一个老吏，姓王名瑾（jǐn），那人平生尅（kè）毒①，人尽呼为剜（wān）心王，却是太守张叔夜拨（bō）在帅府供给的吏。因见了诏书抄白，更打听得高太尉心内迟疑不决，遂来帅府呈献利便②事件，禀（bǐng）说："贵人不必沉吟，小吏看见诏上已有活路。这个写草诏的翰（hàn）林待诏，必与贵人好，先开下一个后门了。"高太尉见说大惊，便问道："你怎见得先开下后门？"王瑾禀道："诏书上最要紧是中间一行，道是：'除宋江、卢俊义等大小人众所犯过恶，并与赦（shè）免。'这一句是囫囵（hú lún）③话。如今开读时，却分作两句读。将'除宋江'另做一句，'卢俊义大小人众所犯过恶，并与赦免'另做一句。赚他漏到城里，捉下为头宋江一个，把来杀了。却将他手下众人，尽数拆散，分调开去。

自古道：蛇无头而不行，鸟无翅而不飞。但没了宋江，其馀的做得甚用！此论不知太尉恩相贵意若何？"高俅大喜，随即升王瑾为帅府长史，便请闻参谋说知此事，一同计议。闻焕章谏道："堂堂天使，只可以正理相待，不可行诡诈于人。倘或宋江以下，有智谋之人识破，翻变起来，深为未便。"高太尉道："非也！自古兵书有云：'兵行诡道。'岂可用得正大？"

注释：①尅毒：刻薄狠毒。②利便：伶俐。③囫囵：这里是模棱两可的意思。

课外试题

王瑾给高俅出了个什么主意？

答案： 让大使宣读诏书时，把零一句"除宋江、卢俊义等大小人众所犯过恶，并与赦免"，断成两句，"除宋江"，断一句，"卢俊义等大小人众所犯过恶，并与赦免"，断一句。等宋江进城后，将他捉下杀掉，其他手下众人尽数拆散。

第八十回

宋公明三败高太尉

人物	孟康（地满星）
绰号	玉幡竿（梁山排名第70位）
性格	有骨气、有义气、疾恶如仇
兵器	造船

点题

任是高俅绞尽脑汁想剿灭梁山好汉，最终还是成为梁山的阶下囚。

济州城北门，梁山好汉在城下听城上的朝廷使者开读诏书。

当吴用听到"除宋江"一句后，目视花荣摆头。花荣大叫："既然不赦免我哥哥，我们投降干什么？"说着他一箭射中使者面中。众好汉一齐喊："反！"，乱箭向城中射去，高俅躲避不及，城门军马杀出，宋江等人上马回撤，城中官军追赶，走了五六里，只听见四周炮响，东边李逵引兵杀出，西边扈三娘引兵杀来，两路军马合并起来向官军杀去，此时宋江全伙回身杀来，三面夹击，官军兵马大乱，死伤众多。随后宋江带人回梁山。

高俅再次上奏朝廷，说宋江等人射死天使，不服招安。天子再派护驾将军丘岳和车骑将军周

孟康，原是饮马川寨主，后受戴宗招纳，入伙梁山，负责监造战船。

昂，领精兵两千，前来支援。

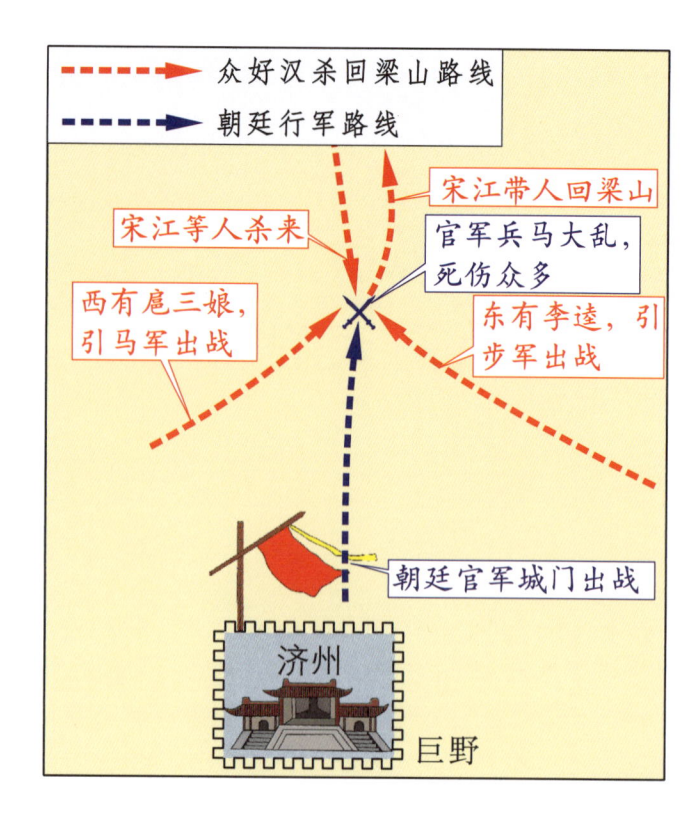

高俅决定再次打造战船。一个叫叶春的造船工匠，带了图纸，来见高俅，说他设计的"海鳅（qiū）船"，足以让对方不能抵挡。

这种海鳅船，两边安放二十四部水车，每车用十二个人踏动；上有弩楼，表面用竹笆遮挡，可以避挡箭矢（shǐ）；前进时，二十四部水车一齐踏动，速度飞快；进攻敌人时，弩楼上弩箭齐发，所向披靡（mǐ）！也有"小海鳅船"，构造一样，专走河汊，可以小范围作战。

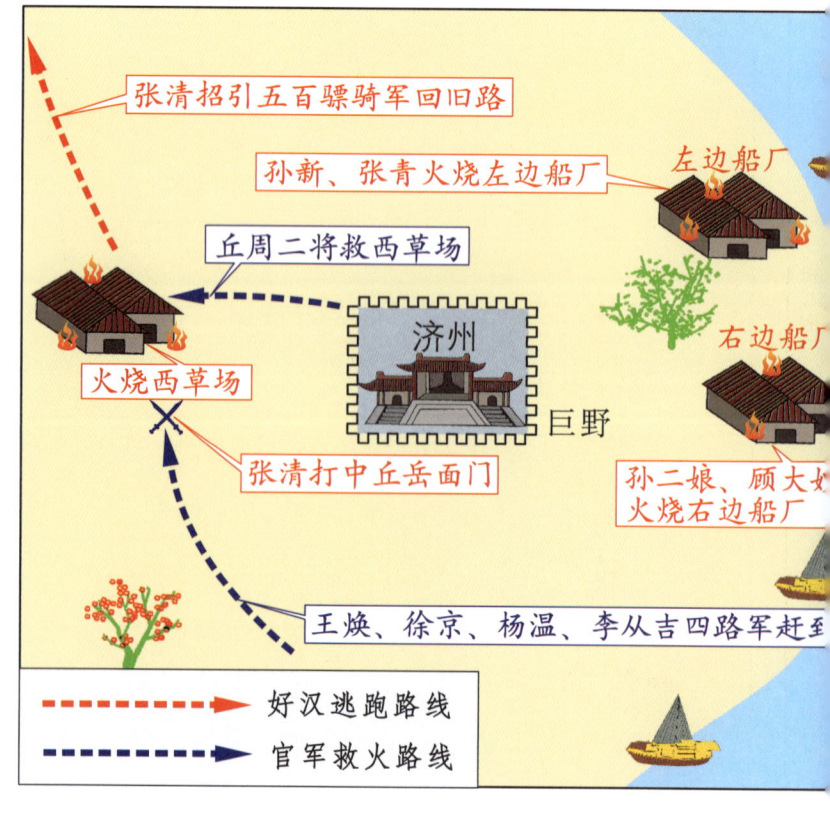

宋江第三次击败高俅示意图

高俅就命令按图造船。这时丘岳、周昂也领兵到来。

高俅造船，梁山早就得到消息。吴用派张青、孙新扮作民工，混进造船厂，再让顾大嫂、孙二娘扮作送饭妇人混入船厂，再让时迁、段景住前后接应。众人听完部署（shǔ），无不欢喜，于是各自下山，分头行事。

是日二更时分，孙新、张青在左边船厂里放火，孙二娘、顾大嫂在右边船厂里放火，草屋顿时燃烧起来，船厂民工见此，纷纷各自逃生。高俅在睡梦中被人唤醒，说：“船厂着火了”，高俅急忙差丘岳、周昂二将，带领本部军兵，出城救火。没过多久，城楼上有烧了起来，高俅亲自带人前去救火，这时又有人来报：“西草场里又起火了”，丘岳、周昂两位将军带领军马去西草场救火的时候，只听见杀声连天，张清带领五百骑兵纵马杀出，丘岳大怒，拍马舞刀，直取张清。不过三个回合，张清拍马便走，丘岳紧追上去，张清一石子打中丘岳面门，丘岳翻身落马，周昂见了，前来搭救，众官军救丘岳上马，张清与周昂混战。这时王焕、徐京、杨温、李从吉四路军马前来搭救，张清率领五百骑兵原路返回。

造船完毕后，高俅带领闻参谋、丘岳、徐京、梅展、王文德、杨温、李从吉、王瑾（jǐn）、叶春和所有水军，登上海鳅船。船两边的水车一齐踩动，行走如飞，往梁山而来。

高俅把小海鳅船排在大船两边，小船进入河汊（chà）对敌，大船专走河道宽处。

丘岳、徐京、梅展为先锋，引着船只向梁山泊深处驶去，一路上先后遇上梁山的三拨船队。一拨由阮氏三兄弟带领；一拨由孟康、童威、童猛带领；一拨由李俊、张横、张顺带领。每次相遇，官军刚一放箭，梁山水军都翻进水里。

丘岳正纳闷，忽然号炮连响，芦苇丛中钻出千百只小船，每只船上只有三五个人，把所有海鳅船分开包围起来。大海鳅船想撞又撞不到，要踏动水车，船底的辐（fú）板又被堵死。弩楼上放箭时，小船上的人顶着自制的片板躲避。

翻下水的张顺等梁山水军，把海鳅船底都凿（záo）穿。船舱进水，高俅爬上舵（duò）楼躲避，被张顺捉住；丘岳在混战中被杨林杀死；徐京在水底被捉；梅展被薛永一枪戳到舱里，宋江率领的水军可谓大获全胜。

卢俊义率领的旱路大军从山前大路杀出，正与先锋周昂、王焕率领的军队迎面相撞，卢俊义挺枪跃马，直奔周昂，两人正在交锋之际，东南方向，关胜、秦明率军杀来，西北方向，林冲、呼延灼率军杀来，众多好汉，一齐攻来，官军大败，周昂、王焕夺路而走，逃入济州城中。

高俅被张顺押上忠义堂，宋江慌忙扶上正座，倒头就拜，并大摆宴席，让大小头领都来和高俅相见。席间，宋江又提招安的事，高俅信誓旦旦答应回去再奏皇上来招安，宋江拜谢。

三天后，宋江送高俅回去，又提招安的事，高俅让宋江派一个精细的人，和他同去见天子，等待随即降诏。宋江就派萧让和乐和同去，高俅留下闻焕章作为人质交换。

高俅回到济州，领了三军，同萧让、乐和回了东京。

> **经典名句**
> 冲波如蛟蜃之形，走水似鲲鲸之势。
> 朝廷遣将非仁义，致令壮士心劳忉（dāo）。

经典原文

当时宋江便教杀牛宰（zǎi）羊，大设筵（yán）宴。一面分投赏军，一面大吹大擂，会集大小头领，都来与高太尉相见。各施礼罢，宋江执盏（zhǎn）擎（qíng）杯，吴用、公孙胜执瓶捧案，卢俊义等侍立相待。宋江乃言道："文①面小吏，安②敢反逆圣朝！奈缘积累罪犯③，逼得如此。二次虽奉天恩，中间委曲奸弊（bì），难以屡（lǚ）陈④。万望太尉慈悯（mǐn），救拔深陷之人，得瞻（zhān）天日，刻骨铭（míng）心，誓（shì）图死报。"高俅见了众多好汉，一个个英雄勇烈，智勇威严，尽是锦衣绣袄（ǎo），不似上阵之时，先有五分惧怯。

便道："宋公明，你等放心！高某回朝，必当重奏，请降宽恩大赦，前来招安，重赏加官，大小义士，尽食天禄，以为良臣。"宋江听了大喜，拜谢太尉。当日筵会，虽无炮凤烹龙，端的有肉山酒海，大小头领，轮番把盏，殷勤相劝。高太尉大醉，酒后不觉失言，疏狂放荡，便道："我自小学得一身相扑，天下无对。"卢俊义却也醉了，怪高太尉自夸天下无对，便指着燕青道："我这个小兄弟，也会相扑，三番上岱岳争跤，天下无对。"高俅便起身来，脱了衣裳，要与燕青厮扑。众头领见宋江敬他是个天朝太尉，没奈何处，只得随顺听他说；不想要勒燕青相扑，正要灭高俅的嘴，都起身来道："好，好！且看相扑！"众人都哄下堂去。

注释：①文：同"纹"。②安：哪里。③罪犯：罪过，过失。④屡陈：细细陈述。

课外试题

高俅接连三次兵败，跟宋江承诺了什么？

答案：高俅承诺回朝奏请降宽恩大赦，前来招安。

第八十一回

闯东京燕青见皇帝

点题

高俅言而无信，燕青就通过李师师直接向皇帝表达诉求。

高俅走后，吴用对宋江说："我认为高俅不能完全信任，哥哥可以选两个机敏的人带上金银珠宝去京城打探消息。"宋江就安排燕青和戴宗再去找李师师，借她之手，促成招安。

朱武又说："兄长当年攻打华州时，有恩于宿太尉，此人是一个好人，如果他能将此事奏报天子，招安的事情或许就能顺利很多。"宋江突然想起九天玄"遇宿重喜"的言论，便命人将闻焕章请来。

宋江问闻焕章："你认识太尉宿元景吗？"闻焕章答道："他是我的同窗好友，如今深得圣上信任，为人仁慈宽厚，待人和善。"宋江闻言便说了自己忧虑之事，闻焕章说自己可以给宿太尉写封信，请他帮忙。宋江就让燕青和戴宗先找李师师，后找宿太尉。

燕青和戴宗来到东京，找了个客店住下，戴宗留在客店，燕青带上重金，直奔李师师家，送上重金，求见李师师。

李师师出来，燕青赶紧又掏出一块手帕，打开放在桌上，里面都是一些珠宝首饰，送给李师师的，然后说上次来的是宋江、柴进、戴宗和李逵，自己名叫燕青。当初来见她，就是想通过她转告皇上，宋江想早日招安，报效国家。

当天晚上，天子又到李师师家。李师师把燕青引见给皇帝，说是自己表弟，三年前流落山东，路经梁山，被掳（lǔ）上山，现在刚刚逃出脱身，来到东京，姐弟相见，请求皇上亲笔写道赦（shè）书，他才安全。

皇帝拗（niù）不过李师师，写下："神霄（xiāo）玉府真主宣和羽士虚靖道君皇帝，特赦燕青本身一应无罪，诸司不许拿问！"写完，下面落款。

天子顺便问梁山情况，燕青就把宋江早望招安、报效朝廷的事说了一遍。

天子问："我两次下旨招安，他怎么抗拒不降？"燕青把两次招安不成的原因和两次征讨的结局外加高俅被捉上山、许诺招安、带梁山二人回京、留下闻参谋当人质的经过细说一遍，天子才了解内幕。

第二天清早，燕青来到客店，把情况一一告诉戴宗，然后和戴宗一起去给宿太尉送信。宿太尉拆信一看，答应把此事禀（bǐng）报皇上。

燕青和戴宗来到殿帅府门口，找到一个小虞候，送他一锭大银，说是想见乐和一面，小虞候安排他们在衙门耳房见面。

燕青告诉乐和，今晚救他们两个人出去。乐和说后花园围墙高，没有梯子，不好出来。燕青问靠墙有没有树？乐和说有。燕青就说："今晚四更，咳嗽为号。我在外面扔进来两条绳子，你们爬绳出来，我们在墙外接应。"

当夜四更，燕青按计划救出乐和、萧让，去客店取了行李，等城门一开，便回梁山去了。

> **经典名句**
> 新莺乍啭（zhuàn），清韵悠扬。
> **替天行道存忠义，三度招安受帝封。**

经典原文

天子便问:"汝(rǔ)在梁山泊,必知那里备细。"燕青奏道:"宋江这伙,旗上大书'替天行道',堂设'忠义'为名,不敢侵占州府,不肯扰害良民,单杀贪官污吏,谗(chán)佞(nìng)①之人。只是早望招安,愿与国家出力。"天子乃曰:"寡人前者两番降诏,遣(qiǎn)人招安,如何抗拒,不伏归降?"燕青奏道:"头一番招安诏书上,并无抚恤(xù)招谕(yù)之言,更兼抵(dǐ)换了御酒,尽是村醪(láo),以此变了事情。第二番招安,故把诏书读破句读(dòu),要除宋江,暗藏弊(bì)幸,因此又变了事情。童枢(shū)密引军到来,只两阵杀的片甲不回。高太尉提督(dū)军马,又役(yì)天下民夫,修造战船征进,不曾得梁山泊一根折箭。只三阵,杀的手脚无措,军马折其二停,自己亦被活捉上山;许了招安,方才放回,又带了山上二人在此,却留下闻参谋在彼质当(dàng)②。"

注释:①谗佞:惯于诽谤(fěi bàng)人和用花言巧语巴结人的人。②质当:当作人质。

课外试题

燕青见皇帝,说了些什么?

答案:燕青先说了梁山兄弟的宗旨,和两次没有招安成功,然后将高太尉被活捉上山,带了山上二人回京,留下闻参谋作为人质的经过。

第八十二回

遂心愿宋江受招安

点题

燕青的成功公关，使宋江的招安心愿终于实现。

燕青、戴宗、萧让、乐和回到梁山。高俅府中不见了萧让、乐和，高俅也是忧闷，只在府中托病不出。

第二天早朝，皇帝再问童贯当初征讨梁山的情况，童贯跪下狡（jiǎo）辩称军士水土不服，得病的多，才收兵回京。天子发怒，把他和高俅兵败实情当面揭穿，童贯默默无言，退在一边。

天子问谁愿去招抚梁山宋江一班人，殿前太尉宿元景说愿往。天子就御笔亲写圣旨，赏赐金牌三十六面，银牌七十二面，红锦三十六匹，绿锦七十二匹，御酒一百零八瓶，金字招安御旗一面，让宿太尉去梁山招安。

宿太尉招安人马浩浩荡荡往梁山进发，梁山在三十里外结彩悬花，笙（shēng）箫鼓乐。宋江率众头领跪在路边，迎接天使。宿太尉让大家一齐上马，直到忠义堂前下马，宋江等又跪在堂前，萧让开读招安圣旨。

读完圣旨，宋江等人三呼万岁，再拜谢恩。宿太尉取过金银牌面，红绿锦缎，让裴宣依次点名发放，开启御酒，一百零八名头领都喝一杯。

仪式完毕，宿太尉请出闻焕章，高兴叙旧。宋江大摆三天宴席，招待宿太尉，然后恭送宿太尉和闻参谋回京。

宋江准备率一百零八人进京拜谢皇帝，手下军士，去留任意，然后

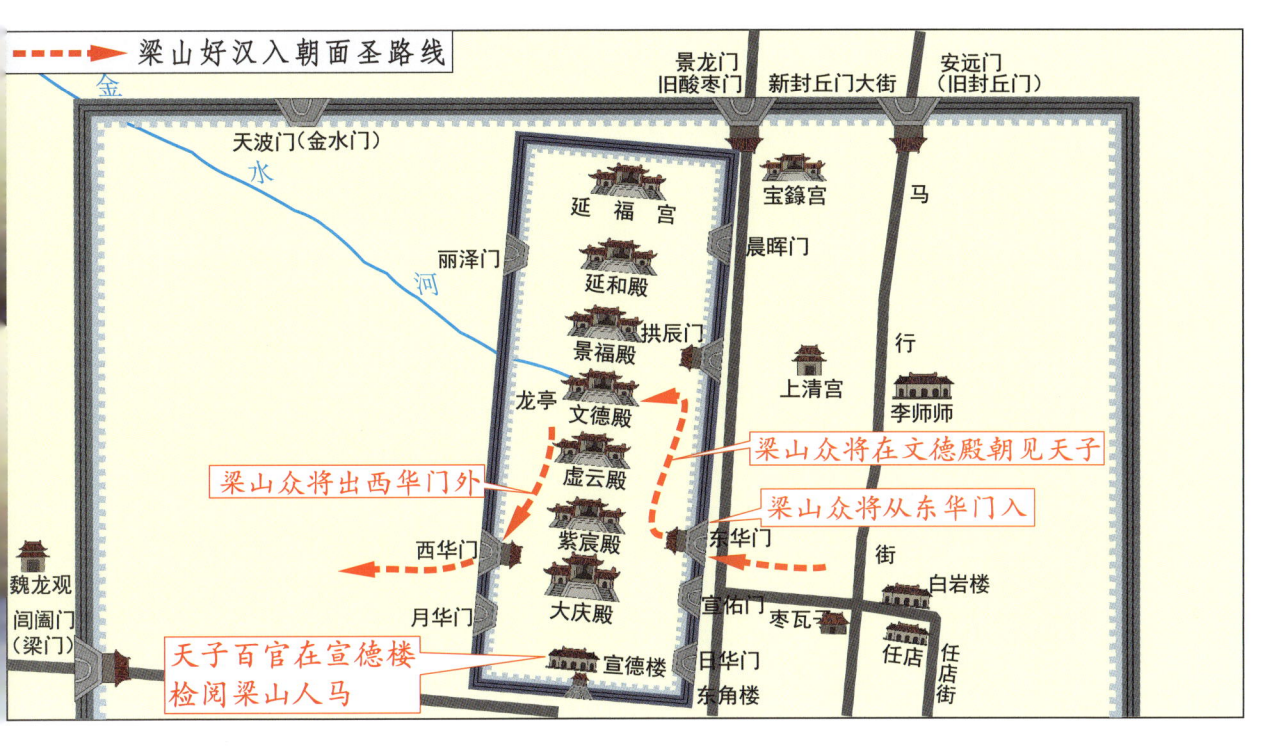

文德殿朝见天子示意图

让萧让写告示通知周边百姓，贱卖山上实物，期限十天，并且所有到山寨买物品的人，酒食款待。

十天之后，宋江带领人马，打着写有"顺天""护国"字样的两面红旗，来到京城外扎寨，听候圣旨。天子让一百零八人身穿戎装，从东华门进入，在文德殿面圣。

一路上，东京百姓扶老携（xié）幼，争相观看。天子百官在宣德楼上，检阅梁山人马，然后一百零八人换上御赐锦袍，上殿参见皇帝。天子下旨，在光禄（lù）寺摆宴，款待大家。谢恩已罢，宴会结束，梁山众人出西华门外上马回到各自军寨。

第二天上朝，天子准备封官加爵（jué），枢密院官奏道："才投降的人，什么功绩都没有，不能随便封爵位。等立了战功，论功行赏也不迟。

现在几万人马驻扎在城外,隐患很大,陛下可以把梁山人马分散,扩充到缺员的队伍里去,剩下人员,分到山东、河北。"

天子同意把梁山人马分散带走,众头领不干了,说如果这样,就再回梁山。天子大惊,急忙和枢密院官商议,枢密使童贯建议把一百零八人就地斩杀,以绝后患,宿太尉站出来,直接反对。

经典名句 黄金盏满泛香醪,紫霞杯滟(yàn)浮琼(qióng)液。

经典原文

倏(shū)尔[1]已经数日,宿太尉要回,宋江等坚意相留。宿太尉道:"义士不知就里[2]。元景奉天子敕(chì)旨而来,到此间数日之久,荷蒙[3]英雄慨(kǎi)然归顺,大义俱全。若不急回,诚恐奸臣相妒(dù),别生异议。"宋江等道:"据某愚意,相留恩相游玩数日。太尉既然有此之念,不敢苦留,今日尽此一醉,来早拜送恩相下山。"当时会集大小头领,尽来集义饮宴。吃酒中间,众皆称谢。宿太尉又用好言抚恤(xù),至晚方散。次日清晨,安排车马。

注释:①倏尔:突然,很快地。②就里:内情。③荷蒙:承蒙。

课外试题

这是朝廷第几次招安才得以成功?

答案:朝廷第三次招安宋江才得以成功。

第八十三回

宋公明奉旨破辽国

点题

接受招安后，梁山人马从此踏上南征北战的征讨之路。

宿太尉怒斥童贯，说他们不考虑为国分忧，却想着残害良将。他又向皇帝奏道："正好派宋江带领人马，收服辽贼。"于是天子封宋江为破辽都先锋，卢俊义为副先锋，其余诸将，立功之后，尽行封赏。

宿太尉领了圣旨来宋江大营宣读，宋江等人听罢，十分欢喜，随后传令三军，望北而进。这天已到边境，宋江对吴用说，辽兵分四路侵犯大宋疆土，如果分兵迎敌，反而分散兵力，不如重点击破，就问熟悉地形的段景住，得知前面是檀（tán）州，有条潞（lù）水河绕城而走，水陆都可到檀州。宋江就命李俊等人连夜驾船，赶到潞水待命。

檀州守将洞仙侍郎手下有四员猛将，分别叫阿里奇、咬儿惟康、楚明玉、曹明济。听说宋军前来，洞仙侍郎一边通知附近的蓟（jì）州、霸州、涿（zhuō）州、雄州前来救应，一边让阿里奇、楚明玉迎敌。

两军在檀州密云县相遇。番将阿里奇出阵，宋军徐宁出战。战不过三十回合，徐宁望本阵败走，阿里奇赶来，张清一石子正中阿里奇左眼，翻身落马。花荣、林冲、秦明、索超齐出，活捉了阿里奇。楚明玉正要去救，被宋军掩杀过来，只好放弃密云县城，逃奔檀州。

宋江占领了密云县，阿里奇因为伤重，一命呜呼。第二天宋军直抵

宋江北上破辽军示意图

　　檀州，洞仙侍郎因为损失了阿里奇，闭门不出，等待援兵。

　　宋江引兵城下，一连攻城五天，毫无进展。宋江只得率军再回密云县驻扎，商量破敌之策，李俊带水军赶到潞水，宋江就让李俊把船只伪装成运粮船，慢慢驶到檀州城下停靠。

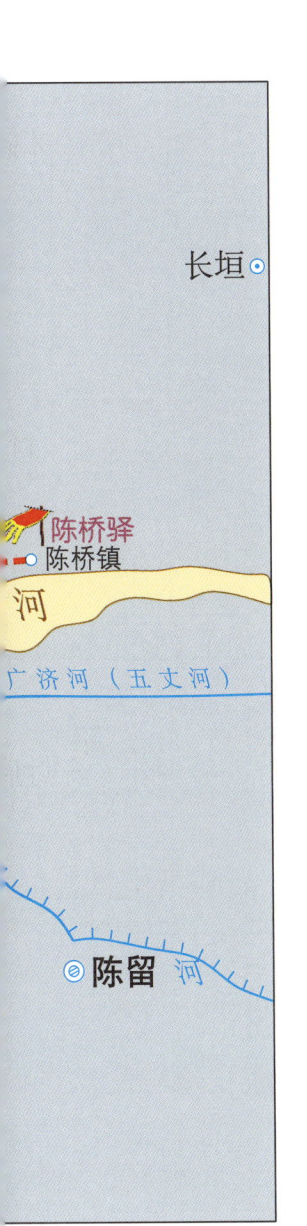

正在安排，兵士来报告，说西北来了一支辽国人马，有一万多人。吴用让张清、董平、关胜、林冲带五千军马，前去迎敌。来的是辽国郎主的两个皇侄，耶（yē）律国珍和耶律国宝，勇猛无敌。

两边摆开阵势，耶律国珍出战，董平迎敌。战有五十回合，耶律国珍被董平一枪戳（chuō）下马来。耶律国宝来救，张清一石子打中耶律国宝面门，翻身落马。关胜、林冲挥兵掩杀，割下两人首级，夺了千余匹战马。

宋江又派林冲、关胜引一支人马从西北进军，呼延灼、董平引一支人马从东北进军，卢俊义引一支人马从西南进军，宋江与吴用自领中军从东南进军，凌振和李逵等人率领一千兵马来城下与辽军对峙（zhì），水陆并进，一齐进攻。

洞仙侍郎正望着救兵到来，有人报告说，两个皇侄阵亡了。晚上，又有人报告说："潞水河里有五七百只粮船，停靠在岸边。"洞仙侍郎说："肯定是宋兵不识水路，错把粮船行到这里。"他便派楚明玉、曹明济、咬儿惟康去截粮船。

楚明玉、曹明济开水门去抢船。凌振见番邦水门大开，点起炮来。听到炮声，各路人马一起行动。李俊、张横、张顺、阮家三弟兄抢了水门，楚明玉、曹明济只顾各自逃命，洞仙侍郎和咬儿惟康只好弃城逃走。

宋江引着大队军马进入檀州，一面出榜安抚百姓，秋毫不犯；一面犒（kào）赏三军，将收复檀州的消息报告朝廷，将檀州城府库中的金银财宝，全部押送京城。

宋江取密云示意图

> 经典名句
>
> 天罗密布难移步，地网高张怎脱身。
> 大鹏久伏北溟（míng）里，海运抟（tuán）风九万里。
> 宋江意气天下稀，学究谋略人中奇。
> 虎视龙骧（xiāng）从此去，区区北虏（lǔ）等闲平。

地图标注：
- 仙侍郎闭门不出，以为宋江粮船迷□，派楚明玉、曹济开水门
- 呼延灼，董平从东北攻
- 密云 檀州
- 宋江与吴用从东南进攻
- 辽军大败逃奔檀州
- □江攻城派兵路线
- □军战败逃跑路线

经典原文

左边踊（yǒng）出李俊、张横、张顺，摇动战船杀来；右边踊（yǒng）出阮家三弟兄，使①着战船，杀入番船队里。番将楚明玉、曹明济见战船踊跃而来，抵敌不住，料道有埋伏军兵。急待要回船，早被这里水手军兵都跳过船来，只得上岸而走。宋江水军那六个头领，先抢了水门。管门番将，杀的杀了，走的走了。这楚明玉、曹明济各自逃生去了。水门上预先一把火起，凌振又放一个车箱炮来。那炮直飞在半天里响。洞仙侍郎听的火炮连天声响，吓的魂不附体。李逵、樊（fán）瑞、鲍旭引领牌手项充、李衮（gǔn）等众，直杀入城。洞仙侍郎和咬儿惟康在城中看见城门已都被夺了，又见四路宋兵人马一齐都杀到来，只得上马，弃了城池，出北门便走。

注释：①使：同"驶"。

课外试题

宋江征辽收复的第一个失地叫什么？

答案：檀州。宋江攻打辽国占领的第一个州城即为檀州，花荣射伤番将人马后攻下城池，宋江率军首战便收复了檀州。

第八十四回

卢俊义大战玉田县

点题

卢俊义和宋江分兵作战,打下玉田县,然后合兵攻打蓟州。

宋江占领了檀州,跟朝廷报喜,天子派赵安抚前来监战,赏赐金银锻匹二十五车。赵安抚镇守檀州,宋江兵分两路攻打蓟(jì)州:他亲自率攻打平峪(yù)县,卢俊义率军攻打玉田县,然后合兵攻打蓟州。

蓟州守将耶(yē)律得重,是辽国郎主的弟弟,有四个儿子:长子宗云、次子宗电、三子宗雷、四子宗霖(lín)。蓟州总兵叫作宝密圣,副总兵叫作天山勇。

洞仙侍郎和咬儿惟康在逃往蓟州的路上,遇见楚明玉和曹明济,四人一起去蓟州。耶律得重让洞仙侍郎守平峪县,不要与对方厮杀,自己带四个儿子和天山勇,到玉田县来会卢俊义。

宋江带兵前往平峪县,看见前面有守卫把守关隘(ài),不敢贸然进攻,就率兵在平峪县西边驻扎。

卢俊义率领人马,直奔玉田县。他远远地便看见辽军铺天盖地而来,辽军首领耶律得重率领兵马摆下五虎靠山阵,朱武站上将台,摆出鲲(kūn)化为鹏阵来应对。随后耶律得重率领人马亲自出战,卢俊义问道:"哪位英雄先行出战?"关胜出马,耶律宗云来迎。耶律宗霖上前助阵,呼延灼迎住厮杀。耶律宗电、耶律宗雷弟兄齐出,徐宁、索超相迎,四对将领绞作一团。

张清悄悄上前，番营有认得张清的，指给耶律得重看。天山勇说："叫他吃俺一箭！"原来天山勇也惯使弩（nǔ）箭，瞄准张清，正中张清咽喉，张清落马。卢俊义急忙叫人送张清回檀州，让神医安道全调治。

双方立住阵脚，只见辽军走出一员辽将，十分凶猛，乃是阿里奇。宋江阵里，金枪手徐宁纵马出战，直取阿里奇。

卢俊义见张清中箭，便无心恋战，四将假装失败，退回本营，四面辽兵趁机围了上来，宋军大乱，只有卢俊义一马一枪，来回驰（chí）骋（chěng）。杀到傍晚，耶律四兄弟碰见卢俊义，卢俊义以一敌四，把耶律宗霖刺下马，另外三个心生恐惧，拍马而逃。卢俊义夺了玉田县，用耶律宗霖首级号令三军。

第二天黄昏，辽兵围住玉田城，卢俊义和燕青上城观看，见耶律宗云正在城下指指点点，燕青一箭射去，射死耶律宗云，番军退后五里。

第三天天明，宋江人马从辽兵后面赶来，卢俊义带人出城夹击，辽兵四散败走。原来宋江绕开平峪县，进了玉田县，和卢俊义合兵一处，攻打蓟州，留下柴进、李应等二十三将和赵安抚镇守檀州。

耶律得重听到宋江等人率兵杀来的消息，急忙清点三万人马，火速出城，在离城三十里外的地方与宋军对峙（zhì），双方摆开阵势。宝密圣和林冲齐齐出马，两个斗了三十余回合，林冲把宝密圣挑下马来。天山勇飞马而出，徐宁挺枪迎上，不到二十回合，徐宁把天山勇也刺于马下，双方收兵。

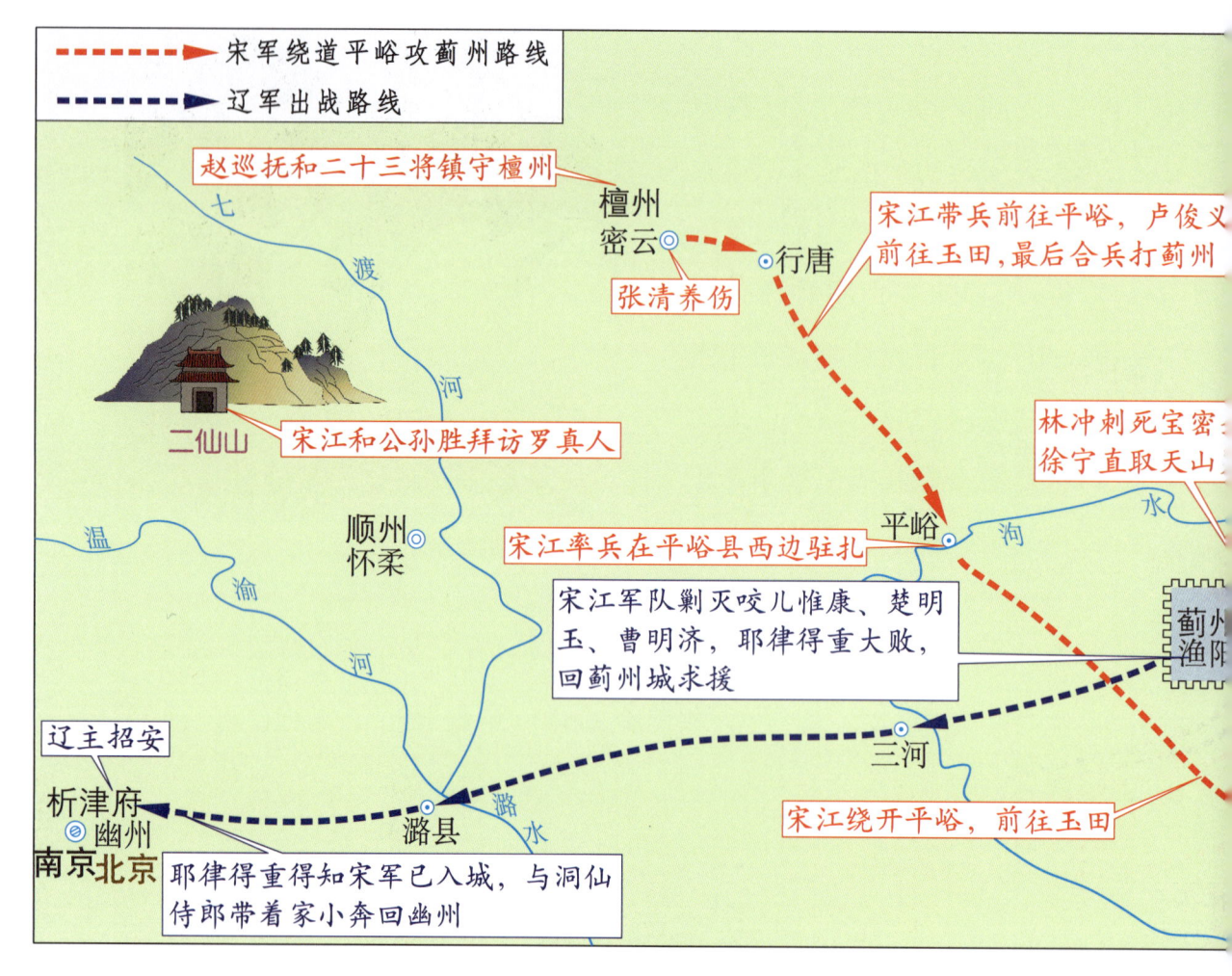

宋江攻打蓟州示意图

图例：
- 宋军绕道平峪攻蓟州路线
- 辽军出战路线

地图标注：
- 赵巡抚和二十三将镇守檀州
- 檀州密云
- 张清养伤
- 行唐
- 宋江带兵前往平峪，卢俊义前往玉田，最后合兵打蓟州
- 二仙山
- 宋江和公孙胜拜访罗真人
- 顺州怀柔
- 宋江率兵在平峪县西边驻扎
- 平峪
- 林冲刺死宝密、徐宁直取天山
- 宋江军队剿灭咬儿惟康、楚明玉、曹明济，耶律得重大败，回蓟州城求援
- 蓟州渔阳
- 三河
- 宋江绕开平峪，前往玉田
- 辽主招安
- 析津府 幽州 南京北京
- 潞县
- 耶律得重得知宋军已入城，与洞仙侍郎带着家小奔回幽州

　　次日，两军再战。耶律得重让洞仙侍郎引咬儿惟康、楚明玉、曹明济迎敌。索超手起一斧，把咬儿惟康脑袋劈作两半。洞仙侍郎又叫楚明玉、曹明济出阵，史进一人直取二将，先将楚明玉砍于马下，又将曹明济一刀毙（bì）命。

　　耶律得重紧闭城门，一面申奏君主，一面派人往霸州、幽州求救。

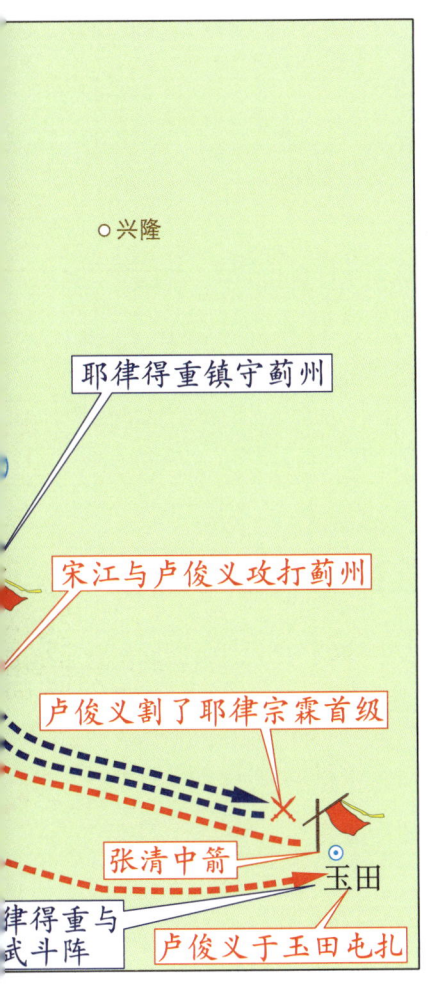

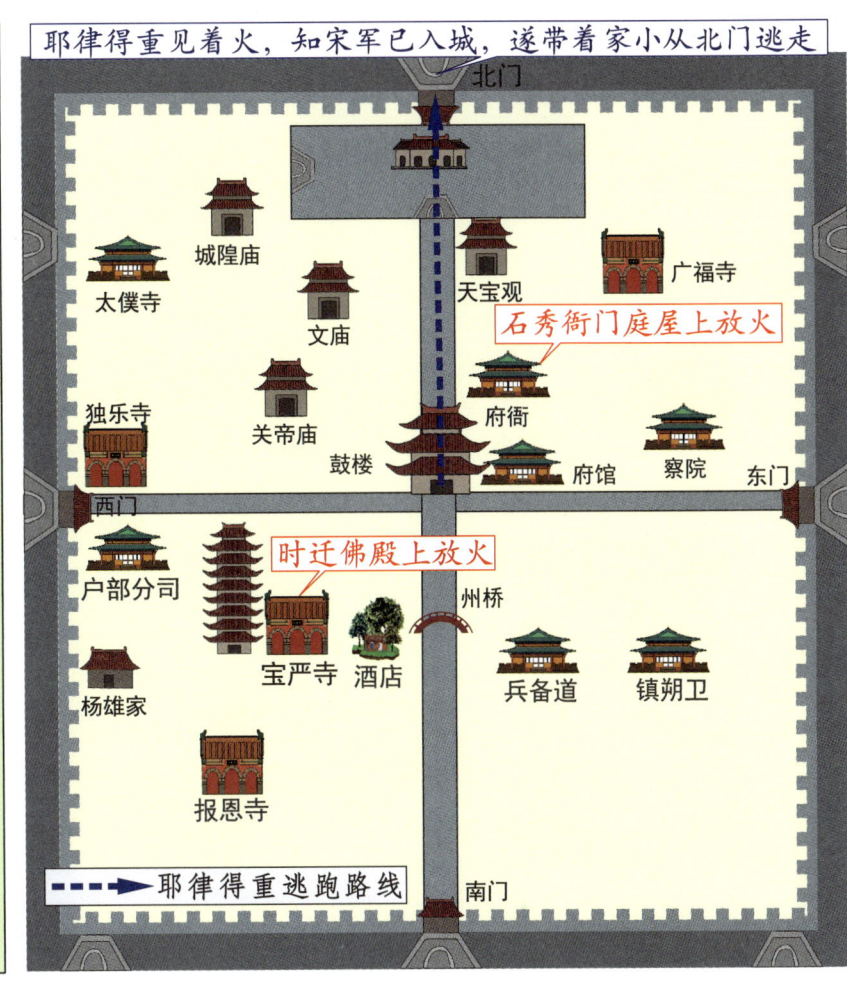

地图标注：
- 兴隆
- 耶律得重镇守蓟州
- 宋江与卢俊义攻打蓟州
- 卢俊义割了耶律宗霖首级
- 张清中箭
- 耶律得重与武斗阵
- 卢俊义于玉田屯扎
- 玉田

蓟州城内示意图标注：
- 耶律得重见着火，知宋军已入城，遂带着家小从北门逃走
- 北门、南门、东门、西门
- 城隍庙、太僕寺、文庙、天宝观、广福寺
- 独乐寺、关帝庙、鼓楼、府衙、府馆、察院
- 石秀衙门庭屋上放火
- 户部分司、杨雄家、宝严寺、酒店、州桥、兵备道、镇朔卫
- 时迁佛殿上放火
- 报恩寺
- →耶律得重逃跑路线

蓟州城内示意图

宋江连夜攻城。原来宋江来玉田县之前，已事先安排公孙胜、杨雄、石秀、时迁潜回蓟州城做内应。时迁和石秀分别在城内的宝严寺、州衙放火，耶律得重见城中到处是火，知道宋兵已有人潜入城，慌忙带了家小，出北门逃走，洞仙侍郎也一同出逃。

宋江占领蓟州城，捷报传给赵安抚，赵安抚让部队先休息，宋江就让卢俊义驻守玉田县，自己守蓟州。

103

经典名句

护国谋成欺吕望，顺天功就赛张良。
志气冲天贯斗牛，更将逆虏尽平收。
绝怜跃马男儿事，谈笑功成定九州。
四面天骄围古县，请看何计退胡兵。

经典原文

天色傍晚，四个小将军却好回来，正迎着。卢俊义一骑马一条枪，力敌四个番（fān）将，并无半点惧怯。约斗了一个时辰，卢俊义得便处卖个破绽，耶（yē）律宗霖（lín）把刀砍将入来，被卢俊义大喝一声，那番将措手不及①，着一枪刺下马去。那三个小将军各吃了一惊，皆有惧色，无心恋战，拍马去了。卢俊义下马，拔刀割了耶律宗霖首级，拴（shuān）②在马项下。翻身上马，望南而行。又撞见一伙辽兵，约有一千余人，被卢俊义又撞杀入去，辽兵四散奔走。再行不到数里，又撞见一彪军马。此夜月黑，不辨是何处的人马，只听的语音，却是宋朝人说话。卢俊义便问："来军是谁？"却是呼延灼答应。

注释：①措手不及：事情突然出意外，一时无法对付。②：拴：用绳子系住，引申为打结。

课外试题

攻打蓟州的战斗中，耶律得重损失了哪两个儿子？

耶律宗云和耶律宗电。卢俊义对战耶律得重的儿子时，将耶律宗电刺死马下；卢俊义攻上城门时，燕青箭射耶律得重，随后一刀结果他性命。

答案

第八十五回

吴学究智取霸州城

点 题

欧阳侍郎劝降宋江，吴用将计就计，走马取了霸州城。

耶律得重和洞仙侍郎带着家小奔回幽州，回到燕京，跟辽主汇报情况。欧阳侍郎建议用高官厚禄收买宋江等人，辽主就让欧阳侍郎带上厚礼，来劝说宋江。

欧阳侍郎见了宋江，开门见山地说，只要宋江等人投降，就封宋江为镇国大将军、总领兵马大元帅，众头目一一封官。吴用让宋江将计就计，故意装作动心，说等一段时间再回话，然后送欧阳侍郎出城。

宋江和公孙胜抽空去拜访罗真人，罗真人送了宋江八句话：忠心者少，义气者稀。幽燕功毕，明月虚辉。始逢冬暮，鸿雁分飞。吴头楚尾，官禄同归。

宋江不懂意思，罗真人说以后自然就会明白，又希望公孙胜功成后回山。宋江说公孙胜随时来去自由，当晚和公孙胜等人回营。

过了一段时间，欧阳侍郎又来了，问宋江考虑得怎么样？宋江说卢俊义等人不愿归顺，如果自己归顺，卢俊义必然阻止，不如自己先带想归顺的人离开，问哪个地方可以就近投奔？

欧阳侍郎说益津关和文安县，离这里都很近，宋江可以任意通过一个地方前往霸州。宋江说行，今晚派人连夜回家接父亲，约定明晚行动。

宋江诈降占霸州示意图

第二天晚上，宋江带林冲、花荣等十五个头领和一万人马，在欧阳侍郎带领下，过了益津关，往霸州而来。

半路上，宋江突然叫苦，说走得匆忙，忘记叫吴用了，让队伍边走边等，同时派人回去接吴用。当时已是三更，前面已到霸州。欧阳侍郎叫开城门，一行人进城，见了霸州守将国舅康里定安。

宋江让欧阳侍郎告诉守关官兵，如果一个自称吴用的书生来了，就让他进城，欧阳侍郎马上通知下去。

文安县守将正在益津关上瞭（liào）望，见一群人风尘仆仆地跑来，远处似乎有人追赶。人群里有一个秀才，一个行脚僧，一个行者，还有十几个百姓。

人群来到关前，吴用高叫："我是宋江的军师吴用，被宋兵追赶，快放我进关。"守关将领先已接到通知，见吴用来了，连忙开关，放吴用进来。

鲁智深、武松带人趁机混入其中，大家一齐动手，夺了益津关口，卢俊义人马长驱直入，占领了文安县。

吴用继续飞马跑进霸州城，说卢俊义夺了文安县，已兵临城下。康里定安想要点兵迎敌，宋江说先让他劝劝卢俊义，如果不行，再战不迟。

康里定安和宋江一起上城楼。宋江劝卢俊义归顺大辽，卢俊义破口大骂。宋江怒气冲冲，让林冲、花荣、朱仝、穆弘四人出城，拿下卢俊义。

卢俊义以一敌四，毫无惧色。林冲四人战了二十多回合，望城中败走。卢俊义把枪一招，大队人马跟上。林冲、花荣占住吊桥，卢俊义人马抢入城中，康里定安束手就擒，宋江占领了霸州。

经典名句

尽忠报国，死而后已。

重重晓色映晴霞，沥（lì）沥琴声飞瀑布。

忠心者少，义气者稀。幽燕功毕，明月虚辉。

经典原文

宋江立在城楼下女墙①边，指着卢俊义说道："兄弟，所有宋朝赏罚不明，奸臣当道，谗（chán）佞（nìng）专权，我已顺了大辽国主。汝（rǔ）可回心，也来帮助我，同扶大辽郎主，不失了梁山许多时相聚之意。"卢俊义大骂道："俺在北京安家乐业，你来赚我上山。宋天子三番降诏招安我们，有何亏负你处？你怎敢反背朝廷！你那黑矮无能之人，早出来打话②，见个胜败输赢。"宋江大怒，喝教开城门，便差林冲、花荣、朱仝（tóng）、穆弘四将齐出，活拿这厮（sī）。卢俊义一见了四将，约住军校，跃马横枪，直取四将，全无惧怯。林冲等四将，斗了二十余合，拨回马头，望城中便走。卢俊义把枪一招，后面大队军马，一齐赶杀入来。林冲、花荣占住吊桥，回身再战，诈败佯输，诱引卢俊义抢入城中。

注释：①女墙：城墙上面呈凹凸形的短墙。②打话：同"搭话"。

课外试题

吴用是如何智取霸州城的？

答案：宋江率领梁山大军攻打霸州时，吴用设下圈套诱敌深入，派时迁等潜入城中纵火为号，里应外合，一举攻占霸州城。

第八十六回

玉麒麟身陷青石峪

点题

卢俊义判断失误，被敌军包围，幸好宋江解救，才幸免于难。

宋江放了康里定安等辽国官员，康里定安回去见辽主，说了宋江诈降一事，辽主大骂欧阳侍郎出馊（sōu）主意。

辽国统军兀（wù）颜说愿领部下大将，和宋江一决高低。副统军贺重宝却说，只要把宋军引进幽州青石峪，只围不打，也会全军饿死。辽主就让贺重宝去安排。

贺重宝回到幽州城内，点起三队人马，一队守住幽州，二队进攻霸州、蓟（jì）州，贺拆攻打霸州，贺云攻打蓟州，只败不胜，把宋军引进幽州地界就行。

贺拆引兵攻打霸州，没打几回合就败走，宋江不追，听说蓟州被围，决定率军前往，既解蓟州之围，又可取幽州。

贺云攻打蓟州，遇到呼延灼带领的军马，不战自退。吴用和朱武都说这是诱敌之计，卢俊义却认为是敌人实力不足，正好乘胜取幽州。宋江倾向卢俊义的意见，决定发兵幽州。

大军往幽州开拔，贺重宝领兵拦住去路。关胜和贺重宝厮杀，三十多回合后，贺重宝引兵后撤。宋军追赶了四五十里，两边辽兵齐出，前面的贺重宝又回兵夹攻，宋军人马首尾不能相顾。

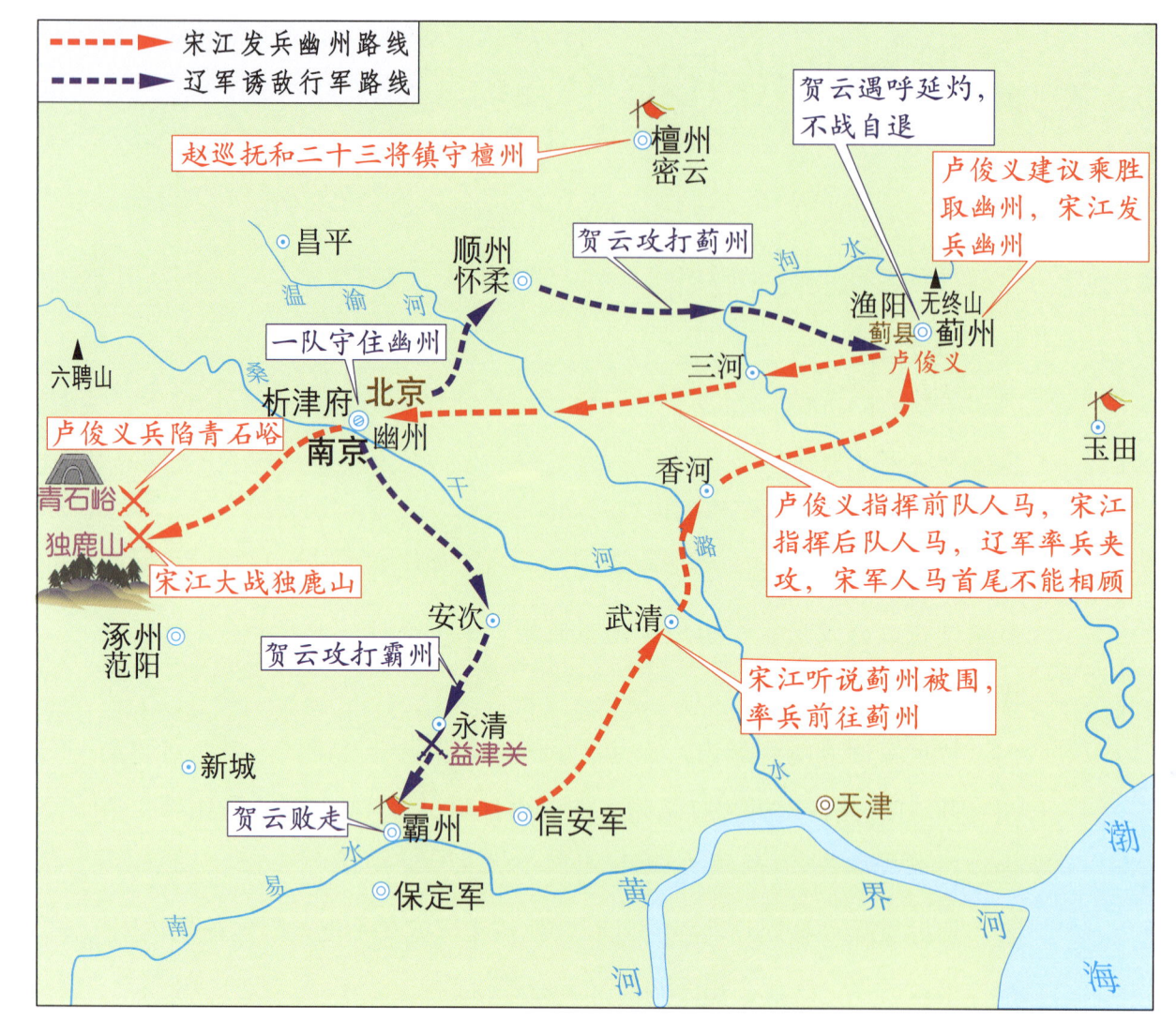

宋江大战独鹿山示意图

辽兵喊杀连天，忽然狂风大作，飞沙走石。前面的卢俊义指挥人马左右冲突，找不到出路，等风止云开时，一看四面悬崖峭（qiào）壁，人马已进了一条死谷。他清点人马，有徐宁、白胜等大小头领十二个，人马五千。卢俊义只好让军士就地休息，再找出路。

宋江领军走在后边，公孙胜见狂风大作，飞沙走石，急拔宝剑在手，口中念念有词，宝剑所指之处，阴云四散，狂风顿息。宋江领兵杀出重围，清点人数，不见了卢俊义等十三人和五千人马，就派解珍、解宝进山寻找，又派时迁、石勇、段景住、曹正四下打听消息。

解珍、解宝身披虎皮，手拿钢叉，扮作猎人，走了好几个山头，终于找到一家猎户，打听到附近的青石峪最容易被困，但只要记住峪口的两株大柏（bǎi）树就不怕。

解珍、解宝赶忙回去报告情况，这时段景住和石勇也寻到白胜回来。原来卢俊义人马被困，无计可施，只好让白胜身裹毡（zhān）衫，从山上滚下，寻路报信。

宋江连夜点起人马，解珍、解宝带路，找到大柏树，准备进峪口。贺重宝带人守在峪口，宋军到来，贺重宝的两个兄弟抢着出战。林冲一矛刺死贺拆，李逵一斧劈死贺云。

贺重宝作起妖法，只见狂风大作，黑云陡（dǒu）生。公孙胜手持宝剑作法，马上风息云退，天气晴朗。贺重宝作法不灵，被宋江杀得大败而逃。宋江指挥人马扒开峪口。原来峪口被辽兵用重重叠叠的大青石堵住了，步军扒开峪口，杀进青石峪内，卢俊义见了宋江兵马皆惭愧不已，随后宋江下令，收兵回独鹿山。

> **经典名句**
> 万马奔驰天地怕，千军踊跃鬼神愁。
> 莫逞区区智力馀，天公原自有乘除。
> 若要大军相脱释，除非双翼驾天风。
> 青石峪中人马陷，绝无粮草济饥荒。

经典原文

饮酒之间,动问道:"俺们久闻你梁山泊宋公明,替天行道,不损良民,直传闻到俺辽国。"解珍、解宝便答道:"俺哥哥以忠义为主,誓不扰害善良,单杀滥官酷吏、倚强凌弱之人。"那两个道:"俺们只听的说,原来果然如此。"尽皆欢喜,便有相爱不舍之情。解珍、解宝道:"我那支军马,有十数个头领,三五千兵卒,正不知下落何处。我想也得好一片地来排陷(xiàn)①他。"那两个道:"你不知俺这北边去处。只此间是幽州管下②,有个去处,唤做青石峪(yù),只有一条路入去,四面尽是悬崖峭(qiào)壁的高山。若是填塞了那条入去的路,再也出不来。多定只是陷在那里了。此间别无这般宽阔去处。如今你那宋先锋屯(tún)军之处,唤做独鹿山。这山前平坦地面,可以厮(sī)杀。若山顶上望时,都见四边来的军马。你若要救那支军马,舍命打开青石峪,方才可以救出。"那青石峪口,必然多有军马截断这条路口。此山柏树极多,惟有青石峪口两株大柏树最大的好,形如伞盖,四面尽皆望见。那大树边,正是峪口。更提防一件,贺统军会行妖法,教宋先锋破他这一件要紧。"解珍、解宝得了这言语,拜谢了刘家弟兄两个,连夜回寨来。

注释:①排陷:安排陷落。②管下:即"管辖"。

课外试题

卢俊义兵马失陷的地名叫什么?

答案:青石峪。

第八十七回

宋公明大战幽州城

人物	孙立（地勇星）
绰号	病尉迟（梁山排名第39位）
性格	清高正直、细腻沉稳
兵器	长枪、竹节钢鞭

点题

宋江和兀颜光在幽州城外摆开战场，准备大战。

第二天，吴用说："可以乘机攻下幽州，如果攻下幽州，则辽国灭亡，指日可待。"于是宋江让卢俊义回蓟州休整，自己去攻打幽州。贺重宝退回幽州城，听说驸马太真胥（xū）庆和左执金吾将军李集，带领人马前来助战，就让两人先去山后埋伏，等宋江兵来，加上自己，三面掩杀。

吴用早已算定，让宋江分兵三路前进：一路直取幽州，另两路左右护持。如有埋伏，两路也好救应。

贺重宝引兵出城，正遇上林冲。战不到五回合，贺重宝不进城门，反而弃城而走。宋江军马追赶，左边杀出太真驸马，关胜接住。右边杀出李金吾大将，呼延灼迎住。混战中，贺重宝被乱枪戳（chuō）死。太真驸马和李金吾见状，

孙立，原是登州兵马提辖，后在孙新、顾大嫂的劝说下，联手救出解家兄弟，后入伙梁山。

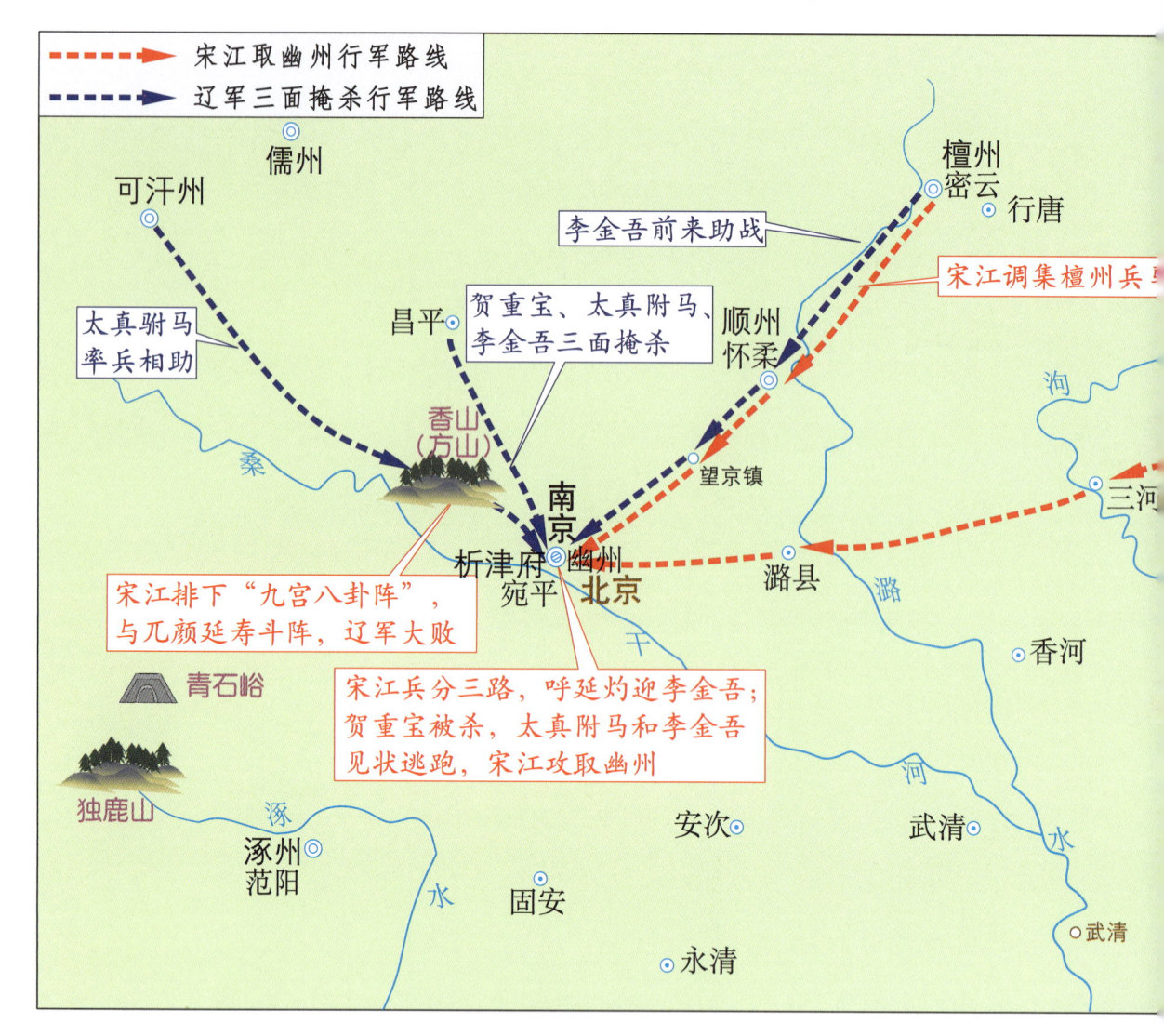

呼延灼力擒番将示意图

都引军退去，宋江取了幽州。

辽主让都统军兀（wù）颜光领兵御敌。兀颜光调集军马，让长子兀颜延寿做先锋和太真驸马、李集的兵马先到幽州，等大军到来，一扫宋兵。

宋江军马在城外方山摆下九宫八卦阵。兀颜延寿跟父亲学过阵法，见宋江摆下九宫八卦阵，就说："你这阵太普通，我摆个阵你认认。"

宋江、吴用、朱武就去看辽兵布阵。兀颜延寿连摆太乙三才阵、河洛

四象阵、循环八卦阵、八阵图四阵，都被吴用、朱武一一识破。

兀颜延寿说："你摆一个奇阵我瞧瞧！"宋江说："别说奇阵，就这普通的九宫八卦阵，你敢打吗？"兀颜延寿大笑说："看我手段！"

兀颜延寿带领手下二十多个副将，亲自去破阵。没想到一进阵，瞬间阵里千变万化，兀颜延寿脑袋竟昏昏沉沉，被呼延灼活捉过去。

宋江把兀颜延寿推到阵前，李集飞马来救，被秦明手起狼牙棍打碎脑袋。太真驸马引军逃跑，宋江催兵掩杀，辽兵大败。

辽军逃回，跟兀颜光报告情况。兀颜光派琼（qióng）妖纳延和寇镇远为先锋，自己带领十一曜（yào）大将、二十八宿将军、精兵二十余万，倾国出动，并请郎主御驾亲征。

宋江调集卢俊义和檀、蓟二州兵马，并请赵枢密前来监战，再让水军头目率领水军兵马全部登岸，都到霸州聚集，水陆并进，经过幽州地面所属永清县界，把军马驻扎下来，辽国派人下战书，宋江批示来日决战。

次日，两军对阵，辽将琼妖纳延出马，宋将史进应战。两马相交，史进一刀砍空，回马望本阵就走。琼妖纳延纵马赶来，花荣拈弓搭箭，一箭正中琼妖纳延面门，翻身落马。史进回身一刀，杀了琼妖纳延。

寇镇远跃马提枪，直出阵前，孙立飞马迎敌。孙立的金枪神出鬼没，寇镇远战不过，被孙立一钢鞭打碎天灵盖。

宋江挥军掩杀，正赶之间，前面连环炮响，辽国兵马铺天盖地而来。

宋江大战幽州示意图

图例：
- 宋江行军路线
- 辽军行军路线

地图标注：
- 兀颜光倾国出动，辽兵势大
- 琼、寇二将出战
- 宋江军直抵昌平
- 宋江调集檀州（密云）兵马
- 宋江见辽军铺天盖地而来，率军回营
- 孙立打死寇镇远
- 花荣射死琼妖纳延
- 宋江调集蓟州和卢俊义部下兵马
- 宋江让兵马驻扎在永清
- 宋江让水陆大军到霸州聚集，批示来日决战

地名：檀州密云、无终山、昌平、香山（方山）、潞县、三河、蓟县、蓟州渔阳、北京南京析津府幽州、香河、良乡、涿州范阳、安次、武清、固安、永清、天津、霸州、信安军、雄州容城、保定军、渤海

> **经典名句**　宝雕弓挽乌龙脊，雪刃霜刀映寒日。

经典原文　宋江在门旗下看了琼（qióng）先锋如此英雄，便问："谁与此将交战？"当下"九纹龙"史进提刀跃马，出来与琼将军挑战。二骑战马相交，两般军器并举，鞍（ān）上人斗人，坐下马斗马，刀

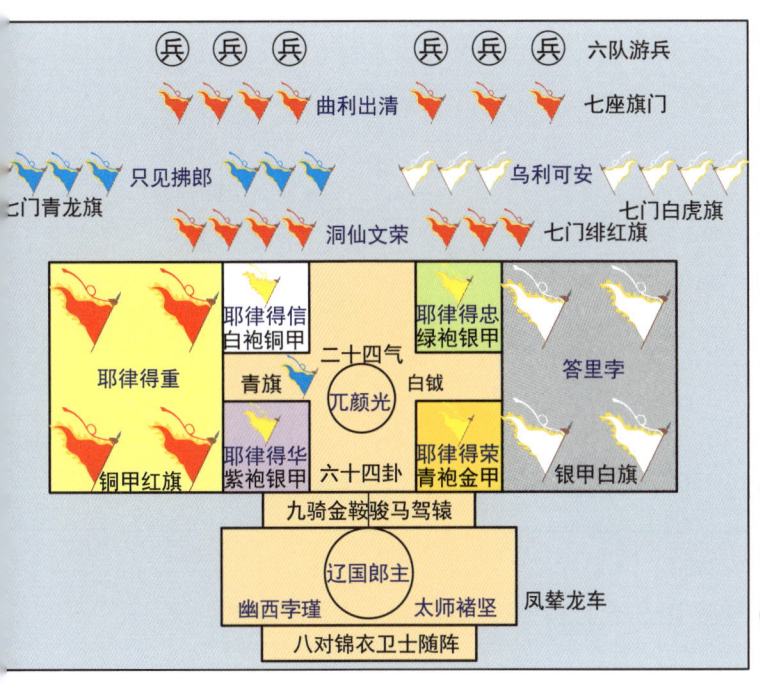

混天阵示意图

来枪去花一团，枪来刀去锦一簇（cù），四条臂膊乱纵横，八只马蹄撩（liáo）乱走。史进与琼妖纳延斗到二三十合，史进气力不加，拨回马望本阵便走，琼先锋纵马赶来。宋江阵上，小李广花荣正在宋江背后，见输了史进，便拈（niān）起弓，搭上箭，把马挨（āi）①出阵前，觑（qù）②的来马较近，飕（sōu）的只一箭，正中琼先锋面门，翻身落马。史进听的背后坠马，霍地回身，复上一刀，结果了琼妖纳延。

注释：①挨：趁敌人不注意靠近。②觑：看，瞧。

课外试题

宋江和兀颜延寿在战场上分别摆了什么阵？

答案：宋江摆下九宫八卦阵；兀颜延寿摆下了二十四气、六十四卦、八门的混天阵。

第八十八回

兀颜光阵列混天象

点题

兀颜光摆下太乙混天象阵，让宋江无法破阵，梦寐（mèi）不安。

宋江在高处看见辽兵声势浩大而来，便慌忙率军回营，让兵马驻扎在永清县山口，随即与卢俊义、吴用、公孙胜等商议。吴用说不用担心，用九宫八卦阵足以迎敌。宋江随即传令，五更做饭，天亮拔营，直抵昌平县界，随即让军马摆开九宫八卦阵势，扎下营寨，专等辽军。

兀颜光也摆下一阵。阵形如鸡蛋，似覆盆，旗排四角，枪摆八方，循环无定，进退有则。朱武认得，就对宋江、吴用说是太乙混天象阵。这个阵变化无穷，机关莫测，非常难打。一句话让宋江心里凉了半截。

正说话间，兀颜光催动大军，攻打宋兵。整个军马按星象运动之理，整体联动，互相照应，势如山倒，卷杀过来。宋军兵马混战一番，大败退兵，辽兵也不追赶。

宋江清查战况，孔亮、石勇被刀枪所伤，李云中箭，朱富挨（ái）炮，军卒伤亡不计其数，由安道全医治。

宋江下令紧闭寨门，坚守不出。卢俊义说不能被动挨打，应主动出击。于是宋江引兵进攻，但终究抵挡不住太乙混天象阵的威力，大败退回原寨。再清点人数，杜迁、宋万重伤，李逵被活捉。

吴用提议互换俘（fú）虏（lǔ），双方同意，李逵和兀颜延寿临阵互换。宋

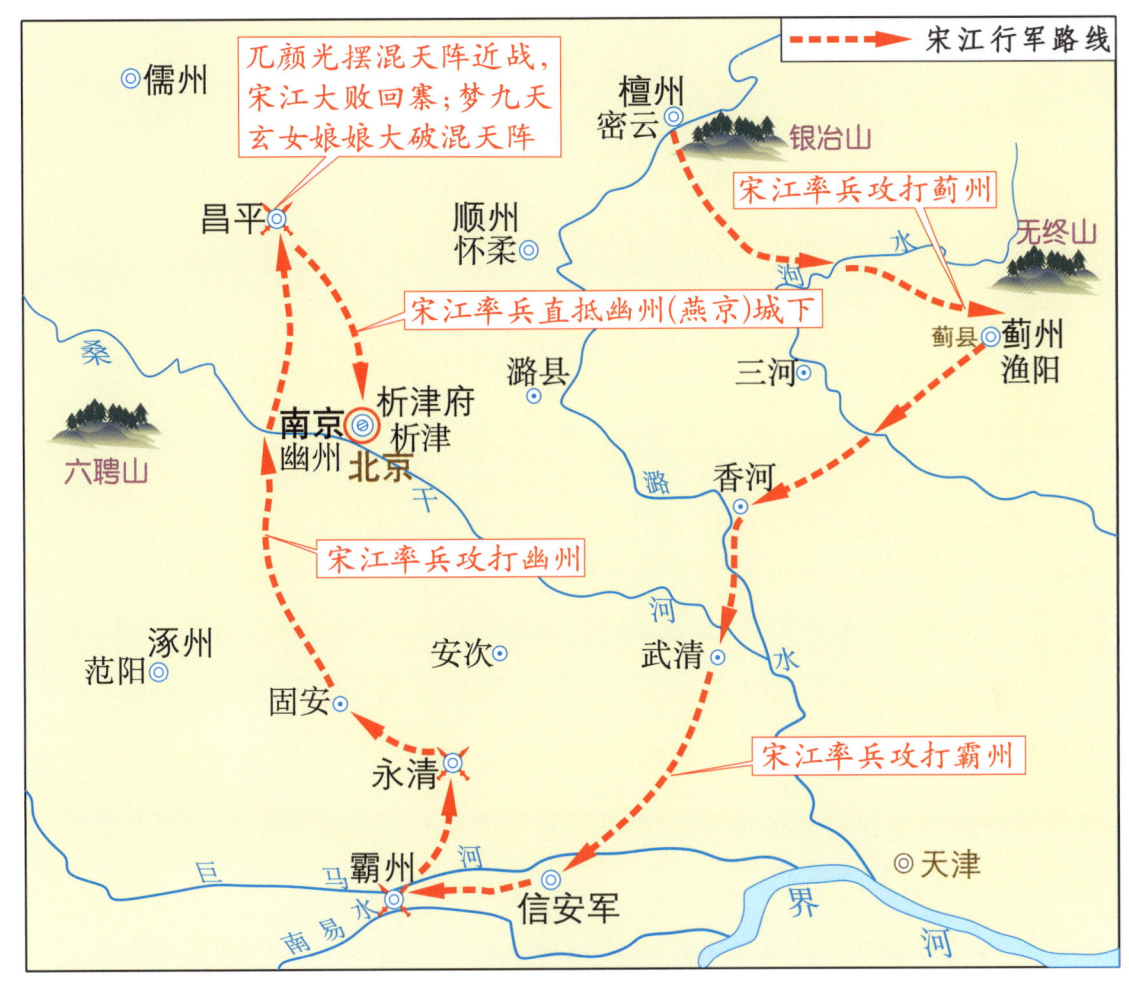

宋江征辽过程示意图

　　江又提议和解罢战，兀颜光严词拒绝。当天两边都不厮杀，各自回寨。

　　宋江无计可施，度日如年。呼延灼建议分十路人马再去冲阵。十路人马冲入太乙混天象阵内，里面雷声轰隆，阵势不断变化，宋军人马措手不及，旗枪不整，速退回来，又损失不少人马。宋江只好紧守寨栅（zhài），深挖壕堑（háo qiàn），坚闭不出，等过寒冬。

　　朝廷给将士御寒的衣袄到了。押运衣袄的是御前八十万禁军枪棒教头王文斌（bīn）。王文斌听说宋江连败数阵，想炫耀下自己的本事。正好辽将曲利出清挑战，王文斌挺枪跃马出战，战不到二十余合，被曲利出清一刀砍作两段，死于马下。宋江见了，急叫收军还寨。

宋江在寨中寝食俱废，梦寐不安。晚上他在中军帐里秉烛闷坐，二更天神思恍惚，趴在案桌上睡着了，梦见九天玄女娘娘教他破阵方法。一觉醒来，宋江赶忙请来吴用，说了九天玄女娘娘传授的破阵秘诀，调兵遣将，准备破阵。

经典名句 赵括徒能读父书，文斌殒命又何愚。

经典原文 王文斌（bīn）见了，便骤（zhòu）马飞枪直赶将去。原来番将不输，特地要卖个破绽漏①他来赶。番将轮起罩（zhào）刀，觑（qù）着王文斌较亲，翻身背砍一刀，把王文斌连肩和胸脯（pú）砍做两段，死于马下。宋江见了，急叫收军，那辽兵撞掩过来，又折了一阵，慌慌忙忙收拾还寨。众多军将看见立马斩了王文斌，都面面厮觑，俱各骇（hài）然②。

宋江回到寨中，动纸文书，申复赵枢（shū）密说："王文斌自愿出战身死，发付③带来人伴回京。"赵枢密听知此事，辗转忧闷，甚是烦恼，只得写了申呈奏本，关会④省院，打发来的人伴回京去了。

注释：①漏：此处引申为"引诱"。②骇然：惊诧的样子。③发付：打发。④关会：泛指通知。

课外试题

兀颜光摆下什么阵，让宋江无法破阵？

答案：太乙混天象阵。

第八十九回

宋公明大破混天阵

人物	金大坚（地巧星）
绰号	玉臂匠（梁山排名第66位）
性格	为人仔细、讲义气
兵器	雕刻金石

点题

宋江在九天玄女指点下，破了太乙混天象阵，迫使辽国俯首称臣。

宋江按天象星宿方位排列及运动规律，分派人马，大致为：水星阵，董平带七员副将去破；木星阵，林冲带七员副将去破；金星阵，秦明带七员副将去破；火星阵，呼延灼带七员副将去破；土星阵，关胜带七员副将去破；其余所有人员，仍按九宫八卦阵势，全到阵前。

这天晚上，宋江先分兵四路，赶杀侦（zhēn）察番军。而后，董平攻打头阵，直取水星阵；呼延灼带人直取火星阵；关胜杀入中军直取土星主将；林冲杀入左军直取木星阵；秦明杀入右军直取金星阵。

公孙胜在军中仗剑作法，当夜南风大作，飞沙走石。太阳、太阴阵内，雷车火起，霹雳（pī lì）交加，各队杀得星移斗转，日月无光，鬼哭狼嚎，人头缭乱。

金大坚，曾为救宋江与萧让一起制造假信，后入伙梁山，负责制造兵符印信。

121

兀颜统军正在中军遣将，关胜领七员副将军马来到帐前。兀颜统军急忙望北而走，关胜飞马紧追。兀颜统军和关胜战一会儿再走，关胜再赶。两个人又斗三五回合，张清拈（niān）石子往兀颜统军头脸打去，打得兀颜统军扑在马上。关胜把兀颜统军砍下马去，张清补上一枪，结果了性命！

鲁智深引七员头领，杀入太阳阵内。耶律得重要走，被武松一刀取了首级。鲁智深说："再去中军，拿了辽主，便了事了！"

太阴阵中天寿公主被一丈青、王矮虎夫妇活捉。卢俊义引兵杀到中军，护驾大臣与众多牙将紧护辽国郎主往北而走。四个皇侄，或被刺死，或被活捉，或不知去向。大兵重重围住，杀到四更方止，杀得辽兵七损八伤。

辽主耶律辉慌忙退入燕京，坚守四门不出，宋江直追到城下，准备围打燕京城。

辽主让右丞相太师褚（zhǔ）坚带上重金，到东京行贿蔡京、童贯、高俅、杨戬（jiǎn）四个奸臣，请求说和，同时上表大宋，情愿归降，年年称臣，岁岁进贡，永不犯大宋。

蔡京、童贯、高俅、杨戬和朝中大小官僚，都是贪财之辈，说动皇帝准降。徽宗就派宿元景奉了诏书，往辽国开读，令宋江收兵罢战，班师回京；所有被擒之人，释放回国；原夺城池，仍还给辽。

宿太尉领了诏敕（chì），辞别天子，带着柴进、萧让上辽邦宣旨，宋江等人收到消息，连忙迎接，宿太尉给宋江等人传达了天子旨意，又说回去给众人论功行赏，于是众人欢喜。第二天，宋江派遣十位大将护送宿太尉前去宣旨，大辽国主亲自引着文武百官出南门迎接诏旨，直至行宫金銮（luán）殿上。

读完圣旨，辽国君臣再拜谢恩。宋江请辽国二丞相军中相见，敲打辽国君臣，辽国二丞相叩首服罪拜谢。宿太尉还京，宋江收拾人马班师回朝。宋江先发中军军马，护送赵安抚起行；后让水军头领们驾船从水

宋江停战后准备收兵回朝示意图

路回东京；又让一队军兵，和女将一丈青等先行；让萧让写文记事，金大坚刻碑，竖立在永清县东十五里的茅（máo）山下，至今古迹尚存。

经典名句 一语打开名利路，片言踢透死生关。

经典原文
那兀（wù）颜统军披着三重①铠甲，贴里一层连环镔（bīn）铁铠（kǎi），中间一重海兽皮甲，外面方是锁子黄金甲。关胜那一刀砍过，只透的两层。再复一刀，兀颜统军就刀影里闪过，勒马挺方天戟（jǐ）来迎。两个又斗到三五合，花荣赶上，觑（qū）兀颜统军面门，又放一箭。兀颜统军急躲，那枝箭带耳根穿住凤翅金冠。兀颜统军急走，张清飞马赶上，拈起石子望头脸上便打。石子飞去，打的兀颜统军扑在马上，拖着画戟而走。关胜赶上，再复一刀，那青龙刀落处，把兀颜统军连腰截骨带头砍着，颠（diān）②下马去。花荣抢到，先换了那匹好马。张清赶来，再复一枪。可怜兀颜统军一世豪杰，一柄刀，一条枪，结果了性命！

注释：①重：层。②颠：跌，摔。

课外试题

右丞相太师褚坚用重金贿赂的宋朝使臣是谁？

答案：童贯、高俅、杨戬、蔡攸。

第九十回

智深燕青
双拜故人

人物	皇甫端（地兽星）
绰号	紫髯（rán）伯（梁山排名第57位）
性格	不张扬
兵器	兽医

点题

鲁智深拜见师父，燕青遇见发小，为后文二人的结局埋下伏笔。

宋江大军准备班师，鲁智深说想去五台山看望师傅，宋江就让其他人马跟卢俊义先行，自己和金大坚、皇甫端、萧让、乐和带一千人，跟鲁智深去参拜智真长老。

宋江和鲁智深参见了智真长老，智真长老说："徒弟，你这么多年杀人放火不容易啊。"鲁智深默默无言。宋江赶紧说："智深兄弟虽是杀人放火，但一片忠心，不害良善，现引宋江等来参拜大师。"智真长老说："将军替天行道，我徒弟跟着将军，哪会有错！"宋江感谢不已。

宋江求长老点化前程，长老写下四句偈语："当风雁影翩（piān），东阙（què）不团圆。只眼功劳足，双林福寿全。"递与宋江说："这

皇甫端，原是东昌府内的兽医，后在张清的引荐下入伙梁山，在军中主要医治马匹。

125

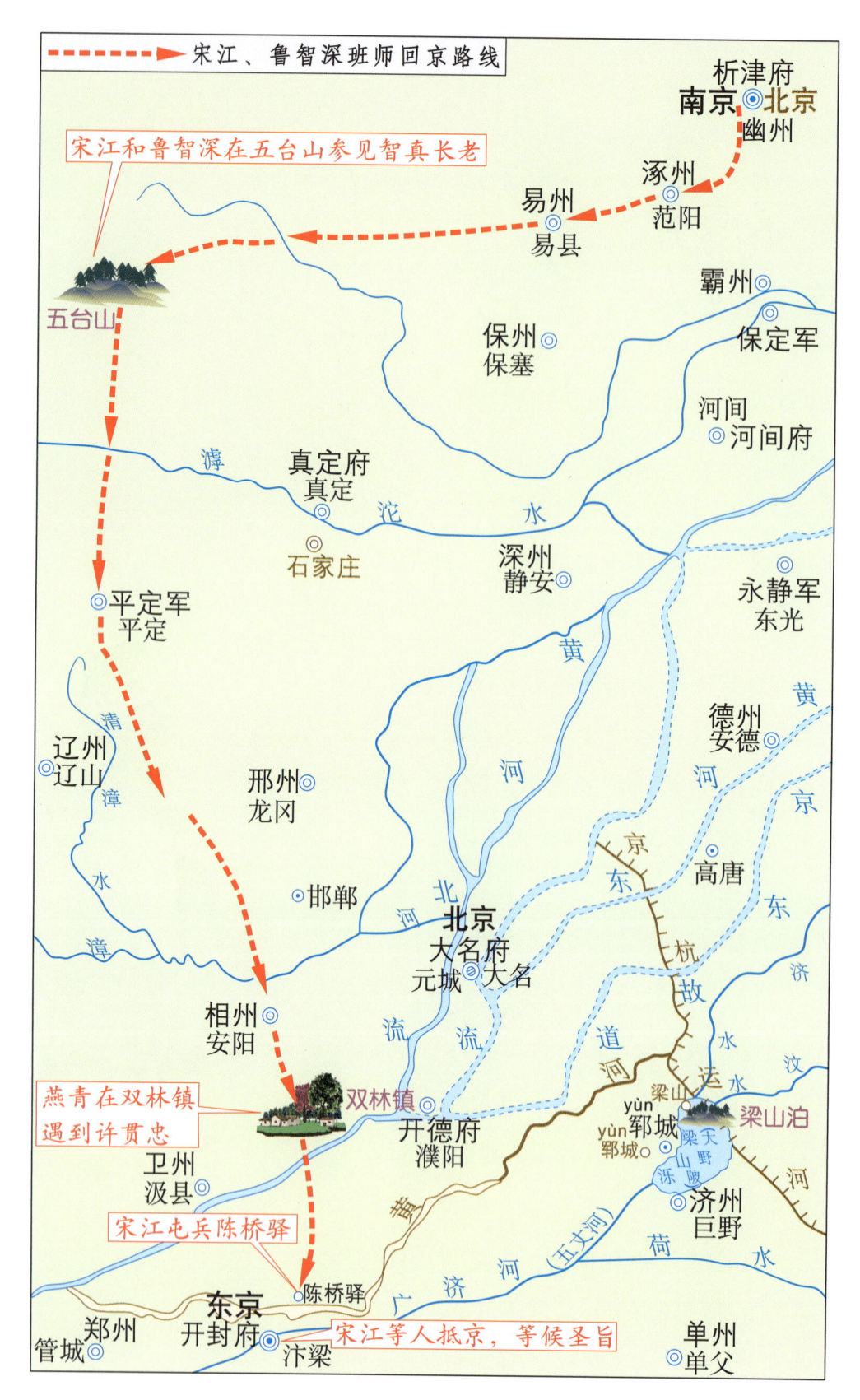

宋江收兵回朝全程示意图

是您一生命运，以后会应验。"又叫过智深："也给你四句偈（jì）语。"曰："逢夏而擒，遇腊而执。听潮而圆，见信而寂。"智深拜谢。

次日，众人辞别长老，回到军营，带领三军，望东京而行。他们走了几天，来到一个叫双林镇的地方。

正走之间，前队里燕青滚鞍下马，向左边围观的人群里，拉出一个人叫道："许兄怎么在这里？"两个人正说着话，宋江的马渐近，燕青连忙介绍说："许兄，这就是宋先锋。"

宋江看那人身穿道袍，长相清奇，忙下马见礼。那人自我介绍："我叫许贯忠，和燕将军是发小，有十几年没见面了，今天遇上，想请他到家里坐坐，您允许吗？"燕青也表示很想去老友家看看。

宋江邀请许贯忠随军同往，许贯忠婉言谢绝。宋江也不勉强，让燕青不要耽搁太久。燕青又去告诉了卢俊义，才跟许贯忠去了。

燕青跟许贯忠来到许家，拜见了许贯忠的母亲，坐下叙旧。

燕青拿出二十两白金送给许贯忠，让许贯忠到京城讨个前途。许贯忠说："如今奸邪当道，嫉（jí）贤妒（dù）能。忠良尽被陷害，我已万念俱灰。你功成名就之后，也应该急流勇退。"燕青点头称是。

燕青在许贯忠家逗留两天，要辞别回京。许贯忠送给燕青一幅画，说是他最近画的，或许会有用处。燕青收下，两人分手。

燕青望着许贯忠走远之后，才纵马上路，没过多久便到东京，恰遇宋江等人驻扎陈桥驿，听候圣旨，燕青随即入营。天子让众将上殿，准备封爵。蔡京、童贯奏道："让臣等商议一下。"天子准奏。宋江和众将出宫回营，等候圣旨。又过了几天，蔡京、童贯等根本没商议什么，只往后拖。

戴宗、石秀来跟宋江请假，说想上街逛逛，宋江同意。戴宗和石秀来到街上，看了几处街景，来到一家酒店喝酒。

正喝时，一个汉子拿伞背包，腰系缠袋，腿绷（bēng）护膝，气喘吁吁地进店，大叫："快拿些酒肉来，俺吃了赶路。"戴宗一看对方是公差打扮，就知道有急事，于是上前打听出了什么事。

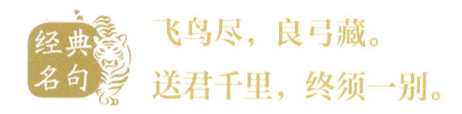

经典名句

飞鸟尽，良弓藏。
送君千里，终须一别。

经典原文

智真长老命取纸笔，写出四句偈（jì）语①："当风雁影翩（piān），东阙（què）不团圆。只眼功劳足，双林福寿全。"写毕，递与宋江道："此是将军一生之事，可以秘藏，久而必应。"宋江看了，不晓其意，又对长老道："弟子愚蒙②，不悟法语。乞吾师明白开解③，以释某心前程凶吉。"智真长老道："此乃禅机隐语，汝（rǔ）宜自参（cān），不可明说，恐泄天机。"长老说罢，唤过智深近前道："吾弟子，此去与汝前程永别，正果将临。也与汝四句偈去，收取终身受用。"偈曰："逢夏而擒，遇腊而执。听潮而圆，见信而寂。"鲁智深拜受偈语，读了数遍，藏于身边，拜谢本师。

注释：①偈语：佛教徒修行实践中得到的体悟写成的语句。②愚蒙：愚昧不明。③开解：开导解释。

课外试题

燕青在双林镇遇到的故人是谁？

答案：许贯忠。

朱氏貞言